人生は驚きに充ちている

中原昌也

新潮社

人生は驚きに充ちている　Contents

Novel

人生は驚きに充ちている

意を決して始めたのに、作業が突然に重くなり、さらには完全に行き詰まってしまった。

原因はよくわからない。何も表示されていないノートパソコンの画面を見つめ続けた末の、重い泥の中から這い出すような気分から抜け出す為、急に立ち上がったまま無意識に窓に目を向かわせて、一度深い溜息をついてから外を眺めた。

＊

その瞬間、長く樹に留まっていたカラスと思われる黒い鳥が数羽、共に飛行する様が最初に見えた。決意した末の旅立ちのような、華やかな様子を、偶然部外者が目撃してしまったように思えた。

夜ではなく、まだ夕刻だったので、鳥たちを含めたすべてが赤く染まっていたが、特に誰か唐突に虐殺された人間の血液の色であるわけではない。ただ色が赤いだけで、寧ろ暖かい体温のような色であると感じられもした。近くに誰も人はいないが、とにかく何やら優雅な暖かさを感じているのは事実だ。

　気がつくとタバコを口に咥えていた。フッと吐いた溜息と白い煙が、辺りを漂う。その類いの嗜好品など、身の回りには何もなかったはずなので、いつ、どこにあるライターで火をつけたのか、誰の持っていたタバコなのかも、まるでわからなかったが、そこには特に驚きもなかった。

　その先の火が、未知の人肌のような暖かさを感じさせていたのだろうか。そう感じた途端、何かに急き立てられるかのように、未練もなく、先程吸い始めたばかりのタバコを灰皿に捨てた。それでもまだ、気分は何らかの暖かみを感じていたので、この決断が間違ってはいないと確信を持った。ここまで何かを信じるのは、生まれて初めてかもしれなかった。

　タバコじゃなくて一本のギターが、ここにあるべきなんだ……。

　ギターがあれば、私は黙ってそれを、息を吐くのと同じスピードで緩やかに弾く。

　何か特定の曲というのではなく、迷いなくただひたすらブルースらしきフレーズを弾くだろう。辺り一面に広がる南部の綿畑を背後に感じながら、具体的には特定できない失われたものに郷愁を感じながら、目を瞑って、空を見上げたまま。

　そのような強いイメージを抱きながら、実際には一つのコードも知らないのに気がついた。よく考えれば、かつてギターなど、楽器を所有した記憶はない。ブルースと呼ばれる音楽も、自分は特に触れたことも恐らくないのであった。その愚かさが純白な衣服に汚れた水が染みていくかのように、ジワジワと救いのない悲惨な罪として心を蝕んでいくようだった。

　自分は宣教師なんかではなく、飢餓地帯の貧しい子供でしかない。

苦々しい気分から逃れるために、再び窓の外に目を向ける。いささか耳障りではあるが、子供たちが活発に騒ぐ声が耳に入ったような気がした。が、どこにも近隣住民の姿はない。

しばらく誰も通ってはいないはずの小道が、何の主張があるわけでもなく、そこにあるのが目に入った。興味深いという点はない。数年前から工事現場を囲う高い白い塀が両側に建っている。何もない雑木林だったのが、いつのまにかそのお陰でここに道がある、と認定されたような感じ。しかし、右と左で何が建築されるのかは、わからない。単にこの塀の間を、以前から何度も通った記憶があるだけだ。

ただただ根気強く黙って見つめていたが、小さな風が吹き、塀の下にある草が多少揺れただけで、大きな変化を目撃するには至らなかった。いくら待ち望んでみても恐らく当分、ここでは何も起きないと判断した瞬間、大きなあくびが出てしまった。

別段、退屈を感じたからではない。いや、無意識下では退屈していたのかもしれないが、自分ではそれを意識できない。ただ雑然としながら、何もない時間だけが強く感じられたが、それは強烈に退屈というわけではないようだった。寧ろ、暖かく優しい空虚さとでも呼ぶべきなのか。いままで味わった経験のない、新しい感覚なのかもしれないので、自然と意識が高まっていくのを感じた。多分、それは間違ってはいない。

しかし、確実に視覚に感じられた鮮烈な色だけを目にして、様々な連想をするにはしたが、それらを詳細に書き記す気はまるで起きなかった。何かを書き留めなければ、何も生まれないのに。

仕方なくもう一度、窓から外界を眺めた。

理由もなく見るのを禁じていた例の小道も含め、何もかもが赤く染まっていたが、特にそれ以上それ以下にも成りはしなかったし、やがて間もなく静かに夜が訪れるだろう。

何もかもが一つの黒色になって、消失して終わる。だが、それが特別に恐ろしいわけではない。決まっていた終わりの時間が、さしたる予告も告げずに、そっと優雅にやってきたに過ぎないのだから。


建物の外一帯が暗黒に包まれる前の僅かな時間に、先日実際に身の上に起きた神秘的な事件を書き留めようと思い直したのだが、結局は一文字も書けなかった。

厳密に言えば、所詮具体的なものが脳裏に浮かんだわけではなく、あくまでも何かと称される必然の欠ける、何か未満だったものに過ぎなかったようだった。それらをただ黙って頭の中で眺めていた。例えば、泡が泡として存在する以前の、たった一瞬の形を、写真で捉えるのは可能かもしれないが、言葉ではそれは難しく、それらは名付けられるのを拒否する意思もないまま、ただ下水のように、人々が誰も目にしないところへ流れ去っていった。

＊

まだ夕暮れだった。夜は近いようでまだ遠い。

自分がいる部屋は、地味な会議室。殺風景を絵に描いたような、地味な雰囲気。典型的な事務室の風景とは、こういう感じではないだろうか。

だが、そのようなくすんだ白い壁の部屋から、作家や書き手によって新しい物語が生まれるという秘められた興奮が、いくつもつづれ織りとなって染みこんでいるようにも思えた。

十人ほど座ればいっぱいのテーブルの端から、また何度も窓の外を眺めた。

すぐ前の白い塀の前を、一匹の白に黒い斑点の犬が通りかかった。ディズニーの映画に、沢山出てきたダルメシアンだった。

最初の内は、人が綱で引いているのだと思ったが、よく見ると誰もいない。とはいえ、辺りを彷徨っている野良犬というわけでもなさそうだった。

あまりに優雅な家で飼われているだけに、飼い主なしでも散歩ができるかのようだ。


この時間まで自分の他には誰もいなかったが、自分をここに呼んだ担当編集者の小松が、ドアを叩いてやってきた。ちぢれた頭髪に、地味な黒眼鏡の男。年は三十代後半ぐらいか。

「まだ何も書いていない」

状況を冷静に伝えようと、私は真っ先に彼に言った。常に明るくも社交的でもない、特に何の感情も書き込まれてはいなかった彼の顔が、次の瞬間に誰が見ても陰気に曇った。

その大した変容は顔面の皮膚の異変だけで語られるに留まらず、彼の全身から湧き出てくるような心情の苦みを感じ取るべきで、それを察するにも相当な重いものを感じた。

そこまで自分に期待が寄せられていたとは、という驚きもあったのであろうが、しかしそれを上回るような小松の表情の劇的な変化は、簡単には描写し尽くせない。

先程も書いた通り、先日私は唐突に、神秘的としかいいようのない異様な体験に出会ってしまったのだ。

それについて、まったく何の前触れもなかったのは勿論のこと。当然、そんな予感があったなら、私はそういった類いのことを図書館やインターネットなどを利用してリサーチしたであろう。しかし、そのような余裕はまったく与えられなかったのだった。

正直に告白すれば、一度それを日記にしたためてみたのであった。いままで他人の経験でしか聞いたことのない不思議な時間のあと、すべてを忘れる以前に言葉に書き留めた。

その記述が今、あなたがお読みの、この雑誌のこのページに掲載されるのがベスト、であったのであろうが。

しばらく他の用件で忙殺されている内に「ああ、あの件は」とパソコンを開けてみると、そういった記述はどこにもない。

ひょっとすると、不思議な出来事というのは実際には夢で見たに過ぎない時間であり、それをすぐに書き留めたという事実さえ、夢の中の話なのではと。

それからまた二、三日過ぎて、すべて忘却したはずのころ、驚くべきことに同じような出来事に遭遇したのである。

驚愕し、興奮し、慌てふためき、以前にも同じ寝室で体験をしたのを何となく思い起こしながら気を失ってしまっていた。

起きてすぐは何も思い出せず、平然としていたのだが、やはり普段の生活の中で突然思い出され、そのすべてを執筆し、文芸作品へと昇華させなければという使命が発生したのである。それを助けてくれる編集者は、小松しかいない。私はいままで彼とそれほど重要な仕事をしたことはなかったが、何故だか彼でなくてはならないと直感したのだ。週刊誌のクロスワードパズルを、所持するiPhoneで検索して埋めるしか趣味のない男。


小松のいる編集部で出しているのは、戦後しばらくして雨後のタケノコのように生まれた小説雑誌のひとつだった。雑居ビルの一室で、四人ほどの編集者が所属している。

昨年、編集長が替わってからというもの、昨今の小説誌不振という事情もあり、他の出版社が出しているものとは違ったものを出したいという意思でエンターテインメントと純文学という境を超えるために、さらにドキュメント的な味付けを加え新しい領域を探求しているように、私には感じられていたのである。

その路線を小松が推し進めたのではないのだが、彼の文芸に対する強い思いは、書き手の自分にとってもかなり重いものに感じられた。かなり大御所の作家たちも、おのれの出自を超えて政治や犯罪、そして医療など、さまざまな時事問題を巧みに自作に取り込み、大胆で意欲的な作風を展開していた。

しかし私自身、わかりやすいエンタメでもなければとくに純文学でもない、そしてさらに実話的な側面を盛り込むという小説の可能性のみを探求した雑多具合に、いささかの疑問もないわけではなかったのである。

結局、彼または編集長が抱いている小説の姿は、明らかに私のものとは大きくかけ離れていた。いや、個々が抱いている文学の捉え方はそれぞれ違っているのは当然であり、それを作家や編集者たちが互いに認識しなければ小説そのものの未来は、そう明るいとは思われない。

中には電車での痴漢体験を、そのまま小説に書いたという作家もいた。作品が発表されたあと刑事事件になり、相当スキャンダラスな事件となった。これにはいくらなんでも賛同しかねるものがある。

とにかくしばらくの間は、会議室の入り口で立ち尽くす小松の姿を、ただ冷然と黙って見つめることにした。何の感情も交えず、それでも自分の中から湧き上がる声を、ただただ透き通った大きな氷に映し出すように、クリアに捉えたかったのである。

彼の陰鬱とした表情の変化を見つめて、すでに数分経過していた。

その鬱蒼としたちぢれた頭髪の中に、自分が微生物に変身して潜入する、という想像を試みようとしたが、結局は特に何の感想もない。

私は幼少の頃、まず花が咲き、やがて枯れていく顚末を、高速スピードで見せる公営放送局の教育番組の記録映像に刺激を受け、直にそういった一部始終を映像でなく生で見届けてみようと挑戦したことがあった。数日植物の前に張り付き、結果感じられた強烈な退屈さから、ある種の神秘性を見出し、高度な微生物が日常で感じ取っているような悟りに近い特殊な意識と接した、という経験がある。それがこうした自分の文筆活動のスタンスの源流なのである。

小松に対する冷徹な観察も、全体的に見れば相当な労力を必要とするハードな作業だ。

完全にではは決してないが、彼は徹底して微動だにせず、森の中の木々のように、ひたすらに沈黙を続けたのである。彼の前世は、実は人跡未踏の森の中の樹や花の一つであったと告白されても、もはや私に何の驚きも提供はしない。

平凡な静けさが、無駄に空気が薄くなるまでに、しばらく続いた。

やがて黙ったまま自分が社会で活動する人間であったのを、突然思い出したかのように、小松は会議室を去った。特に劇的な事件が起きたわけではない。しかし、部屋から完全にいなくなったが、彼の分身である陰気な空気だけが残り、いまだ辺りを漂っていた。

私は彼の排出した空気を吸わないよう、最低限心がけた。そして、自宅で遭遇した神秘的な時間について考えることは、まだ漠然とした倦怠に取り憑かれていたせいもあり、その淀んだ時間に対して、他の何よりも大きな救いを与えてくれるように思われた。

*

しばらくして、机の上に食パン半分のサンドイッチが置かれているのに気がついた。

最初は中年女性か何かの涙が染み込み過ぎて萎れた、汚いハンカチが何枚も重ねてあると思われたが、間違いなく所帯じみたサランラップに包まれて萎びた食物。

透明な装いを除けば、『罪と罰』の中でラスコーリニコフが牢獄で食べたような禍々しさがどこかにあった。

どうやら先程からの違和感は小松の残り香ではなく、これが発していたようだった。彼らは生き物でないから、音声でなく匂いで、ただ黙って存在を主張する。

これは小松が去り際に置いていったものとしか考えられなかった。

しかし、彼が作ったサンドイッチとは思えない。都内の実家に、彼と共に住む母親が作ったものなのであろうか。コンビニなどに並べられた、市販のものでは確実になかった。

小松の名刺は、いつもそのシャツの胸に束で収められていた。会社で支給されたもの、自分が担当する書籍を装幀した社外のデザイナーによるファンシーなもの、と二パターンあり、私の存在が、彼から特別に気に入られたのか、その両方を持っている。

あの名刺たちは、いったいどのような状況で、彼から手渡されたのだろうか。

その顚末はいま思い出せないものの、小松の表情だけは瞼に焼き付いていた。人間の笑みとは、このように無垢なものであるべきだと、小松からその名刺を手渡された瞬間に感じたのを、私は一生忘れはしない。

出版社から支給されたのは、それこそ想像の範囲内に収まるような白地に黒文字のみの地味なものであったのだが、個人によってデザインされたものは、やはり気の利いた逸品と呼ばれるべき完成度を誇っていた。名刺の命である文字を、デザイナーが丹念にレイアウトして、本人のイメージに合致したリッチな特色を使って、それを一枚一枚丁寧に高品質印刷した本格派の手応え。

少々離れた場所からその名刺を眺めたとしても、小松の持っている世界観が見事にそこにあるのがわかる。特に携帯の番号に使われた数字のフォント。このように何にも用事がなくても、誰でも気軽につい電話してしまう不思議な数字の並びがあるのだという事実に驚かされてしまったのだ。

それを手がけたという、大学院で考古学の修士号をとり、どういう顚末か、その後デザイナーになったという女性の存在が大きかったようだ。彼女によれば、この数字の魔術めいた配列は、学生時代に訪れたというエジプトで、異様な古代の遺跡の内部で神秘的な体験をした際に目撃したのだという。ちょうどその時期、私も新しい名刺を必要としていたので後日、そのデザイナーの鹿沢縫子という名の女性を紹介してもらうことになった。彼女の事務所は荻窪にあり、日曜の昼下がりに、私個人は滅多に使わない中央線に乗って駅まで行ったのを覚えている。ハンバーガー屋での待ち合わせに、彼女は十分ほど遅れてやってきたのだった。そこで食べたチーズバーガーも、その堂々とした大きさに反して、どこかあの『罪と罰』の中のラスコーリニコフが、牢獄で苦み走った表情で貪り食べたものを思い起こさせたのだった。

私は窓の外の光景の遥か先にある遠い過去ばかりに、気が向いていたようだった。

「腹が減っている」

そんな風に呟いた。会議室にはもともと自分一人だったので、誰も聞いていなかった。

タバコを吸っていたのと同じような無意識に押されて、気がつくと階段を降りて建物の外に出ていた。もうすっかり辺りは暗くなり、冬らしい寒さに満ちていた。近くのコンビニに行こうと思ったのであろう。駅の方角へ向かうと、三分もしないうちに二階建ての店がある。

編集部の小松の席を確認することなく出てしまったが、彼がここにいるような気がしてならなかったのもあるのだろう。そもそも毎日三時ごろ、よく二階のイートインスペースで下の階で購入したコーヒーを片手にクロスワードに興じている彼にとって、そこは単なる売店であるだけでなく、各雑誌から現在の市場を知る情報源でもあったのだった。

このコンビニに来たのは三度目くらいだった。勿論、駅から編集部に行く際、毎度ここの前を通る。最初に来たときに、すでに薄々感じていたことではあったが、恐らくこの店舗の支配人はスタンリー・キューブリックの映画作品を意識しているのではないか？　と思わざるを得ない趣きがところどころ見受けられた。どこかこの店の圧倒する明るさは『２００１年宇宙の旅』のラスト近くで、老人と化した主人公の寝ていたバロック的な部屋を、『時計じかけのオレンジ』のミルクバーを、誰しも思い出さずにはいられないだろう。

＊

入る前から、ガラス張りの店の一階内部が見える。客は誰もいないようだった。

「いらっしゃいませ！」

共に眼鏡をかけたマネキンみたいに味気ない男女二人の店員に、作ったような元気な挨拶をされて気が多少動転した。この二人に関しては、確かにキューブリックのような感じは皆無だった。両者とも地味なカーディガンとパーカーを身につけていた。せいぜい田舎のつまらない専門学校生どまりの印象しかないので、挨拶は返さない。彼らとは、知り合いでも何でもなかった。

レジのほうを意識しないよう心がけながら素通りし、脇にある弁当コーナーに向かった。

そこにはこれからやってくる空腹の客たちを、サンドイッチだけでなく、様々なおにぎりや麺類や弁当がひしめき合って並んで待ち構えていた。

その棚にはサンドイッチなどの隣に、客の落としたものと思われる一台の白いiPhoneがあった。よく見ると誰かの携帯ではなく、非常に小さなモニターだった。そこには何故か曇り空の古いロシアの町並みが映し出されていた。新鮮な食物を扱う棚にしては、どこか古めかしい映像だったが、私の心には『罪と罰』の中の光景が蘇ってきた。しかし、そのイメージは、残念ながら食欲とはまるで相反すると思われた。自分がロシア的な食材に疎い、という事情もあるのかもしれない。例えば、製造時がいつだかはっきりしなくて不味いピロシキ以外に、何も思いつかない。

改めてレジに立つ二人の店員を見ると、確かに男の方はディスカバリー号のボーマン船長に似ているように思えた。すると隣の女性店員は、よく見れば、映画の中のもう一人の船長（宇宙空間へ飛んでいった方）のように見えなくもない。まるで映画からの印象を消すために、わざわざ眼鏡をかけているのであろうかとさえ思えてくる。それに映画の中の印象とは打って変わって、二人の親しげな会話が意外にも弾んでいるように思えた。

「いやだぁ」

業務以外の場でも関係があるように思えた。だが、店員とは視線を合わすのを避けるように、何も買わずに二階への階段を駆け上がった。

途中でHAL 9000を思わせる丸いものと、突然目が合った。それは壁に取り付けてあった。近寄ってみると、単なる消火栓の赤いランプだったが、中から誰かが黙って、こちらの様子を窺っているような気がしたのだ。こちらを注視しているのは、立派な人間ではなくて、ランプだかレンズの中に、どこかから紛れ込んだ一匹の虫であるのかもしれなかったが。

あまりに長く見つめていると、段々とその赤い光の渦に吸い込まれる気がしてきたので、必死になって目を避けた。何者かよくわからない五人以上のアイドルグループの派手でつまらないポスターが、階段の壁に貼ってあった。

とりあえず私は、二人しかかけられない白い椅子の一つに腰掛けてみた。周囲を見渡したが、消火灯以外にキューブリックの映画を思わせるものは一切ない地味な部屋だった。

売り場で買って、上で食うというスペースだが、いつもの賑わう印象とは違って、このときは誰も客はいなかった。階段と窓の中間にあるコピー機とＡＴＭの電源が入ったままで、作動していないものの、無言の存在感だけを発して客を待ちわびていた。

しばらくして窓の外の道路を、砂利を積んだ黒いトラックが過ぎていく音が、私の思考を遮った。反対側である、階段を上がってすぐのテーブルに座っていたのもあって、わざわざ遠ざかるトラックの姿を、窓際まで寄って追いかけるような気にはなれない。窓がガタガタと揺れる。しかし、二階からでも荷台に砂利が満載であるのは、何となくわかった。それは単なる想像に過ぎないのかもしれないが、トラックのタイヤが道路の砂利を無情に踏み潰す感触が、どこからかあったのは確かだ。

私は何も買っていない手ぶら状態だったので、ここでは何もやることはなく、漠然とあくびが出てしまったが、特に誰にも見られてはいない。すぐに安堵と若干の眠気とが、共に訪れた。このような安らいだ気分は、いつ以来なのだろうか。

しかし、コピー機とATMの間の地味な時計を見ようと顔を上げた際に、天井の隅にある防犯カメラの存在を確認した。黒いレンズ部分以外はクリーム色のもの。ここでの行動の一部始終が監視されていたのだ。そう自覚すると、一気に眠気が覚めた。

それは窓のすぐ脇にあった。プラモデルとして売っていそうな安手の感は免れないが、間違いなく本物の防犯カメラだろう。誰かが監視していたのは、消火灯からではなかったのがわかると、それはそれで別種の安堵をもたらしたが、すぐにまた不安に駆られた。

これでレジの二人とは別に休憩中の従業員に、あくびを目撃されたかもしれないし、記録として映像を押さえられたかもしれない。そして窓と反対側の、トイレのドアの上にも、もう一台のカメラを発見。

トラックが過ぎ去ってから、すでに数分が過ぎていた。獰猛なエンジン音によって、最初からかき消されていたタイヤが地面を摩擦する音は勿論、聞き取れる音声からその存在を確認するのは困難になっていた。店内放送で流れている凡庸なエレベーターミュージック以外は、単なる空調の音だけ。下の売り場からも、自分以外の客の存在はもちろん、恋人同士のような店員同士の親しげな日常会話も、空虚な無音の中に埋もれて、もはや何もかも聞こえてはこなかった。

トイレの横の、事務所と思しきドアの向こうから、人間の存在が感じられる物音らしきものが感じられた。嗚咽のような音も耳にした。

*

夕飯の時間がいつの間にか終わっていて、やっと夜が来た。窓の外に久しぶりに目を向けると、さほど遠くもない位置に一つだけ建っているガラスと鉄筋だけの開放感溢れる高層ビル以外は、ただの暗い闇がそこにあった。深い奥底があるような、ないような。深みのないつまらない空間が、ただ果てしなく広がっていた。

コンビニの二階からだから、そう見えたのかもしれない。下に戻れば、つまらない民家の味気ない壁が、街灯によって白く照らされているのかもしれなかった。何故か、空には星の一つも輝いていない。そして他にも凡庸な日常の正当性のために存在するだけのものたちが、ポスターや巨大な看板と化して、過剰に自己主張をしているのが、視界に大量に飛び込んでくるのが想像できた。いまの自分の精神力では、それらに対応するのがあまりに過酷で、辛い気分に陥るのは避けられなかった。

すぐに可能な行動。何かを購入することで、ここから他の場所に行くしかなかった。

しかし、二階でいまこうして想像しているのと、まったく同じものが、下に並べられているのを想像しただけで吐き気がしてきた。あれらを口にするだけでなく、胃に押し込めて自分と同化するなどというのは、人間として信じられない。それにプラスティックの、白い便器と同じ色の、同じ材質でできた食器を使って食す、という行為も耐え難くなってきた。

ほんの前日まで、あれだけ毎日コンビニで買った食材ばかり食べていたのが、まったく信じられない嘘のようだった。特に味など旨いと感じたことがないにもかかわらず、よく何の疑問も持たずに偽の食物を、日常的に口にできたものだ。

しかも、それらはどのような人物が作って、配膳しているのかもハッキリしないまま、食わされていたのだ。これらの食品が作られている様子……冷静に想像してみれば、十九世紀以前の精神病院の地下の給食室の薄暗い空間のような場所……そこで聞こえるヒエロニムス・ボスが描いたような化け物のうめき声が恐ろしくて、身震いがしてきた。単なる想像をここで披露して、無用に恐怖を流布する必要はないのだが、私にはそれが世界を覆う、闇そのものという気がしてならなかったのだ。

ボスが描いたような梶原一騎。

というべきなのか、ボスが描いた梶原の肖像画を等身大まで引き延ばしたような、生気に欠けるものがやってきた、というべきなのか。

いや、ボスとはまったく関係なく、梶原一騎に非常に似た男が階段を上ってきたのだ。生前テレビ朝日で放送されたドキュメンタリー（昭和五十八年三月放送の水曜スペシャル『劇画界の帝王梶原一騎とその人生』）で見た姿と、まるで同じ姿だった。私にとって、それはいつも梶原一騎と言えば、すぐに思い起こされる容姿そのものだった。

階段を上る度に、その姿に今度は別の人物の要素も加わり始めたようだった。

「あれはラガーフェルドだ！」

私は心の中で大きく叫んだ。目の前の男は盲人なのか、というほどの大げさなサングラスが目を覆っている。

梶原一騎よりも彼の姿を、数時間前に見た気がした。コンビニに着く寸前に、どこかで広告でも目撃したのだろうか。

カール・ラガーフェルドは、亡くなったばかりだったので、まず本人がお忍びで来日という可能性はなかった。だが、誰もが似ていると認めざるを得ない、似た雰囲気を醸し出していたのは確か。彼の着ている服は、みるみるうちにヤクザ的なものからシャネル的なものに、私の視界の中で変化していった。

だが、その服は死んだばかりのラガーフェルドとは違って、本当に似合っていない。ファッションに詳しくない自分でも「これはコーディネートが上手くいってない」と断言できるような気まずい趣味の悪さが漂う。あまりの似合わなさに、外出の度に警官に尋問されるのがパッと予想できた。

そんなシャネルを小粋にムリに羽織った梶原が食べるコンビニの食材とは？　という興味があったのは確かだが、下で売っているはずのない高級なワインやチーズなどがあるわけでもなく、その手には耳に当てている携帯以外に、残念ながら何もなかったのである。

「ピピ、ピピ、ピピ」

この男は電話で何を口走っているのか。

「そうかピピなのか」

私は、本人には一切聞こえないよう、そっと小声で呟いた。

背後には可愛い子犬がいた。直感から、耳にすればたちまち誰もが踊り出すような繊細な名前が、目の前にいる犬のものなのがわかった。

もう少しで同じような調子で、犬の名を連呼してしまうところだった。私は安易に、知らない家の子犬を、出会い頭に愛称で呼びはしない。

さらによく見れば、さきほど出版社の前を優雅に一匹で歩いていた犬と同じ種類のダルメシアン……多分同じ犬だ。何よりも、その事実が私を大きく驚かせたのだった。


次の瞬間向かいの壁に、バレエの練習スタジオを思わせるような鏡が、壁一面に大きくあったのに気がついた。手すりがないので、いざとなるとバレエなどに実際には向かない。机や椅子などをどこかへ動かさないとならないし、それらを収容するスペースなど残念ながらなさそうだった。何のための鏡なのか。広さを錯覚させるためだけにあるのだろうか。

直接見るようなぶしつけな行為をしなくとも、私とは反対の窓側に近い席に座ったラガー梶原の様子は、鏡越しからよく観察できた。食べ物も飲み物も一切手にしてない彼が、いったいここで何をしようというのか、どうしても気になって仕方がない。

　コンビニ店内の音楽といえば、ダンス系のビートが強調された歌ものという軽薄な印象が強いが、そこではオーナーの趣味なのか、そのときはアメリカのスーパーマーケットで流れるようなハモンドオルガン主体のエレベーターミュージックだった。以前、地元のアイススケート場で見た、ディズニーのキャラクターたちの出演するショーを思い出させるような曲。おまけに鉄琴もフィーチャーされた軽妙な曲だった。ラガー梶原の登場と共に、このような曲がプロレスの会場に流れ始めたのではないか、という感じがした。

　鏡越しからその仕草を見ている分には、残念なことに、この生々しくオルガンが跳ねているような軽快な音楽が、彼の存在感とマッチしているとは到底思えなかったのである。

　彼が自前で用意した曲ならばともかく、あくまでもそれは有線で流れている音楽に過ぎなかったので、責任を問われる類いの誰かの選曲ミスというわけではない。偶然、彼のキャラクターとは合わないものが、その場で流れていただけだった。しかし、このような場違いな雰囲気は、人々に戸惑いや不快感、居心地の悪さ、時に混乱さえ生じさせる。

「それでなのか！」

　私はこのコンビニの二階の、現在の状況の客足のなさに、非常に納得がいった。

　誰かが意図的に、ここに客を寄せないようにしているのだろうか。

　ここは原稿を書くのに、最も適している。

持ってきたトートバッグからノートパソコンを取り出し、何もない机の上で起動した。しばらくすると現れる、画面いっぱいの真っ白に目を落とす。何度見ても、同じ。まだ何も書いてない。木が一本もない、単なる草原を焼き尽くせと命令を受けた爆撃パイロット。

しかし、ここは何よりも利益を追求する有名なチェーン店のコンビニである。客を寄せ付けないというマイナスの配慮が、どのような関係者でも可能とは思えないのだ。

次に流れた曲は、ラスベガスを印象させる豪勢なもの。畳みかける高らかなホーンの華麗な響きに、色とりどりの夜景や、ダイスやカード、晩年の巨漢で若干醜悪なプレスリーのショーの映像が思い起こされるようだった。オケからは何の疑いもなく連想されるのだが、エルビスの歌声はいくら待っても一向に聞こえてはこなかった。

その曲でさえも、ラガーの持つ雰囲気には、本人自身が思っている以上にミスマッチ（誰にも聞こえないヴォリュームで鼻で歌っていたように思えた）だったが、彼自身他人からどのように思われても、まったく関心がない様子。

確かによく考えれば、大した気取りなど必要としないコンビニで、このようなゴージャスな曲が流れるのはいささか大仰な感じがしないでもない。都心の高級食品店でも、思わず客の購買意識は、大きく減退するだろう。

ラガーがいったい何をしに来たのであるか、未だまったくわからず、とにかく足下の犬に気を取られるばかりで、特に下に何をも買いに向かう様子はまったくない。

私は同時に大きなアクビを発した。生まれてからこれまでで、最大のものであったに違いないというくらいのもの。

オオカミの遠吠えのような大きな音に、ラガーはびっくり眼《まなこ》で驚きの表情を見せた。まるで不意に訪ねてきた客に吠えて迷惑する飼い主のようだ。犬にとって吠えるのは、当然の行為。もともと犬は「吠える遺伝子」を持っており、放っておけば、当然吠える。それで問題がなければ、吠えないようトレーニングする必要はない。飼い主と犬が平和に共存していくために、彼らの抱える原因を知ることで、吠えずに済むようにするのも不可能ではない。

どうやらラガーは初めて私の存在を認識したようだったが、実のところ、結果的には吠えたのは自分の愛犬だと思い込んでいるようだった。ちょっとだけ、目を離した隙に、それは吠えた。

「ピピ」

そういって愛情たっぷりに足下の犬を見つめながら、彼がどのようなことを考えているのかが、表情から手に取るようにわかった。

「吠えるスイッチが入らないようにするには……」

人間も含む他の生き物、そして生活音などの外部からの刺激によって、そのスイッチは簡単にO

Nになった。もっと以前の子犬の頃に、多くの刺激に触発され、吠えないトレーニングを受けていれば、安易にスイッチが入ることはない。逆に放置して吠えっぱなし状態にしたり、そういった刺激と無縁であったまま育てられれば、その後、周囲の住民から単なる激しく吠え立てる狂犬扱いを受けて、保健所に通報される危険性があるのだ。

実際のところ、彼と愛犬を結ぶのは、愛といった言葉で称されるものでは決してない。私はこういったライターの仕事に携わる以前は、実はブリーダー関連の仕事をしていた。だから勿論わかる。寧ろ、それを情と呼ぶべきなのだ。

読者のみなさんは飼い主と愛犬を繋ぐ情とは、いったいどのようなものであると想像するのであろうか。色が付いているとすれば、いったい何色なのか。

じっとりと湿った沼地のような彼らの持つ情に、ようやくそのラスベガス的な大らかな楽曲は、不思議と程良くマッチしているように思えた。晴天のディズニーランドのジャングルクルーズ周辺に満ちあふれた雰囲気、とでもいえば理解される類いのものなのか……いまの私には、いまいち正確な表現に自信がなかった。どんな気分を気張って描いても、現実のものとはまったく関係ない、別のものになるからだ。尤もらしい色とそれらしい色を混ぜた結果、出てくるのは何色とも呼びがたい、何物でもない半端な色。こんな色、どこかの薄汚い野郎が出した吐瀉物の中にしかありゃしない。

＊

すっかり嫌気がさして、私は壁の時計の針に目をやった。

無意識にすでに二分前に時間を確認していたのがわかった。満員電車で網棚から新聞の束が、直接に身体にのしかかってくるように、突然疲労が増した。

あの針の進みは、いつでも湿った感じの場所にいる不機嫌な亀や、あのいやらしい鼻水の滑《ぬめ》り気を思い起こさせるナメクジなどよりも、はるかに遅くて腹立たしくなった。

再び鏡の方を向く。

こんな時間に、こんな場所で、飲み食いもせずに犬といるラガーという人物が、段々と大層な大物のような気がしてきた。どこかで見た覚えがある。どこで見たのか。

ラガーフェルドに似ているが、彼はすでに先日死んだ。梶原一騎にも似ているが、彼はそれ以前に亡くなった。では、いったい誰なんだ。

フラッシュが絶え間なく発せられる会場で、多くの人間に見守られる中、愛犬と共に愛想を振りまく彼の姿を想像する。両腕を広げると同時に拍手と歓声が起こり、喝采が最高潮に達する。いかに裕福な令嬢が、豪華絢爛な舞踏会に現れても、ここまで大きな騒ぎにはならないだろう。

現実の鏡に映る目の前の彼は、私には目もくれず悠然と椅子に黙って座っている。まったく意識を失った過去のない盲人にも思えるが、決してそうではない。彼をそんな風に見てしまう、自分の方がよっぽど素人の盲人であったと認めざるを得ない。

そんな反省をし、彼への関心を深め終える前に、再びラガーの存在に疑問を持たずにはおれない現象が起こった。

しばらく黙って注目していると、総合してさっきから彼は人間として最小限の動きしかしないのがわかった。階段を上ってきた動き以外には。

詳しい年齢は不詳ではあるものの、どう見ても決して若いとはいえない。不自然に大きなサングラスが顔面を覆っているせいで、あたかも意図的に何者であるかを消し去っているかのようだった。

何か化粧を厚く塗りたくっているせいかもしれないが、肌の色もどこか人間のものとは違っているように見えてきた。必要以上に塗りすぎたのが失敗と焦り始めたのか、ラガー自身がやがてドロドロと溶け始めたかのように、額を汗が流れ始めた。

端的に言って、具合が悪いようだった。人間らしく振る舞っていたものが、急に蠟人形のようなものに変わり始めた。

「大丈夫ですか？」

私は振り返って、恐る恐る話しかけた。そうやって相手を人間扱いしてみたものの、すでにそれはとても人らしい応対が期待できる物体ではなかった。

当然のように、返答はなかった。

ドン！　ドン！　ドン！

代わりといってはなんだが、彼の身体から打撃音のような低音が聞こえてきた。リズムキープなど期待はしなかったが、ある程度は定期的にも感じられた。

ドン！　ドン！　ドン！

それが彼の痛みや苦しみを表現しているかどうかはわからないが、普通の人間の体内からそのような音が聞こえた経験はない。

自分の内部に閉じ込められ、そこから壁を叩くことでしか外部と接触することができなくなっているのかもしれない。でも、やはりそれも通常の人間の状況とはいえなかった。


低い音に合わせて、ラガーの体が水を含み過ぎた粘土のように、突然崩れ落ちたりしても不思議ではない。このまま横や縦に必要以上に広がったり拡張されたりして、私が押しつぶされて窒息しないという保証もない。それが急に恐ろしくなってきたが、どのような事態になるのか予想できず、椅子から立って店から出る気にはなれない。

しかし、単に黙って低音を発する彼の姿を見ているうちに、ぜんぜん直接関係のないことが脳を過った。

見識のまるで及ばない地球でない他の惑星など予測できない場所では、このような不思議な変化が絶え間なく、当たり前のように頻繁に起き、生きているものが急に死ぬなどという凡庸な現象に留まらずに、それを特に役所が詳細に記録を取っているわけではないから誰も責任を持たず、なかったことと同然として存在が消失していくのだ。

三月二日
慌ただしく、夜も昼もない日々が続いた。部屋があまりに眩しくなり、お昼前には目が覚めてしまう。最初にあの現象が起きたこの部屋に留まるべきか迷ったが、昼の強い光の下では何も起こるまいと考え、公園に向かった。仕事が進む気はまったくせず、部屋から出て事態を客観視する余裕を取り戻すつもりだった。

鴨の群れが水面を覆い、何羽かが泳ぐたびに水紋が広がる。私は、ずっと画面を眺めていると起こる手足の冷えについて考えた。部屋の暖房は効いているのに耐えがたい寒さが体の末端から迫ってくるのはなぜだろう。座ってばかりいるせい、と結論づけて、辺りを歩くことにする。鴨たちに餌を与えなければ、と思い立つが、ポケットの中は空っぽだった。

「今日は帰ろう」

声に出してみた。私の独り言が鴨に届き、みなバタバタと飛び立ってしまう。噂話に興じる主婦たちがこちらの方を振り返ったので、何気ないふりをして立ち去った。部屋に戻ると、ちょうどいい明るさに戻っており、しつこい眠気を取ることを優先すべく布団に入った。今晩はちゃんと寝室のカーテンを閉めた。

三月三日

どうやって説明しても、「夢だろう」とか「疲れて意識が弱っていたんじゃない」と片づける人間たちの顔がいくつも思い浮かぶ。一日ムダに過ごしてしまったのも、あの連中のせいだと毒づいたが、その中で、そもそも小松自体、どの辺に位置付ければいいのかも分からない。昨日外に出ている間に連絡があったが、用件は残されていない。今日はずっと部屋に留まり、せめてメモでも取ろうかと思い立ったが、何も浮かばないのは同じだった。

やはり、明日はここからきっぱり離れるべきではないか。

決意するだけの一日だった。

三月四日

目が覚めるみたいに、突然気がついたら荒野にいた……という状況は、かなり好ましい魔法のように滅多にあるわけではない。似たような経験としては、思い出す限り確か一度しかないのだが、身に覚えのあることはあった。

ふと気づけば、目に入ってくるものがすべて白く輝いていて、眼球が痛くなった。

吹雪が立ちこめる新潟の街中だった。東北の吹雪く街の光景は、NHKのドキュメンタリーで昔観た覚えがあった。

私は驚いて、隣を同じ速度で歩いていた何となく見覚えのあるオッサンに訊いた。

「あれ、何でこんな大変な気候の中歩いているんですか？」

すると隣にいたオッサンが咄嗟に答えた。

「あんたが外歩こうって言ったんじゃないですか！」

そういえば何かの専門学校の講演で、壇上で昼から学生の前で飲んでいて、そのとき気がつけば路上だった。オッサンは学校の講師で、時間はまだ夕方前だった。


今回もこの状況に至る前に、昨日の晩からどこか都内のバーで飲んでいたのは、なんとなく覚えているが、最後はどうなったのか思い出せない。

私は朝か昼かもよくわからない時刻に、商店も標識もない荒野を一人黙々と歩んでいた。

以前なら酔った勢いで新宿からディズニーランドや高尾山（山は登らずに駅前のドトールでコーヒーを飲んで帰宅）に、それぞれ親しい数人で行ったことがあるが、これはそういった類いの流れではなさそうだった。

そして、これも決して夢の中の話ではない。

遠くにそれぞれ違うカラフルなリュックを背負った人々が、同じ方向に向かって歩いていた。その様子と上空を旋回する猛禽類の野蛮な鳴き声で、荒野にいる状況に気がついた。

都会と違い、一切舗装されていない道を、意識のない状態でよく慎重に歩くことができたと自分に感心した。しかし、どんな顛末でこのような土地を歩かねばならないことになったのか、まるで思い出せない。

「ねえ、ちょっと」

このくらいの声量では、前を歩く人々の耳に届くはずもない。

私は急に駆けだして、リュックを背負った群れの背後に向かった。

「ねえ、ちょっと」

先程より小さい声で彼らに話しかけた。

すると、赤いリュック（メーカー不詳）にハンティングワールドの青いジャンパーの男が反応した。

「はい、なんでしょう」

男の返答は、特に暖かくも冷たくもない、普通の対応だったといえるが、首が自由に動かないくらい深くフードを被る必要があるほど気候が寒いわけでもない。他の人々もそうだったか、わからないが、彼はサングラスをしていた。

　そのような格好の彼に、急に「ここはいったいどこなんでしょう」などと訊く勇気はなかった。初対面から、どうかしていると思われるだろう。

「皆さんはお揃いで、どちらに向かわれているのでしょうか」

　これが訊き方としてベストだったのかはわからない。しかし、彼はすぐに答えてくれたので、特に問題はないように思われた。

「我々ですか」

　他の数人は、私の存在を意識せず、振り返りもしないで、ただ黙々と前を突き進む。アントニオーニか何かの昔のヨーロッパ映画で見たような、荒涼とした光景にひたすら向かって、いったいそこに何があるというのだろうか。

「ええ」

　ここに他には誰もいないじゃないか、と言ってしまいそうになったが、それでは角が立ちそうだったので控えた。

　しかし、その瞬間、私の方を見ただけで、ぜんぜん返答はない。

　おかしいな、と思って、もう一度だけ尋ねてみた。

「あの、駅はどちらの方ですか」

　しばらくして、男は急に反応した。

　あちらのほうです、などと丁寧に口にしたわけではないが、私たちが向かっているのと反対の方角を黙ったまま、いささかオーバーアクションで示したのである。

彼らと別れて、街灯はいくつかあったが、しばらくは道に車も通らず、自動販売機も民家もないのに特に不安にもならず、黙々と反対方向へ進んでいたのだが、段々と市街地らしい風景が見えてくるようになってからは、似たような格好の人々がすれ違うようになってきた。彼らが大勢で向かう先には、U2みたいなビッグアーティストが招聘されているような、国際的なフェスティバルでも開催されているのであろうか。そんな話題を昨晩、飲み屋にいた知らない人間と会話した記憶が断片的に蘇った。

貧しい住宅地を抜けると、ちょっとした繁華街があり、JR国立の駅は予想以上に簡単に見つかったので、電車に乗る前に美味しそうなトンカツの店に寄ってから帰った。テレビか雑誌で紹介されていた店で、なかなかの客の混み具合だった。

三月五日

最悪な場合、死に至る可能性もある……。

深夜、何かを検索していて、偶然に拒食症についてのそういった記述を、医療系のサイトから発見して戦慄して、安眠を求めて苦しんだ。

当たり前のように持っていた感覚が、必ずしも絶対的なものでないと理解したとき、いま自分が浮かんでいるプールは思っていたよりも深く、いや底がなかったのを突然知ってしまったような不安が訪れた。

前夜トンカツを平らげたこともあり現在、拒食症では決してあるはずはなかった。

杉並区にある、一度だけ行ったことのある中華屋でジャージャー麺を注文しようと、朝からずっと考えていた。赤々とした壁の、騒々しい新年の祭りがいつ始まってもおかしくない内装の店。やはり、窓が近くにあって、通りを行く人々の表情がよく見える席に座ると、ジュージューと焼く音のする店の奥から注文の表とボールペンを手にした中年女性がやってきた。忙しなく運ばれた注文の品は、五分もしないうちに目の前に、安手の小皿に盛られたサラダと共にぞんざいに置かれた。

この店では、大半の客が大盛りのチャーハンを注文する。スープがついてくるのだが、ジャージャー麺にはついていない。その手のラーメンスープが個人的には好きなのだが、自宅にも業者から取り寄せたものがカートンで用意してあって、飲みたいときにいつでも飲める。仕方がない。

何かのテレビ番組や雑誌で取り上げられたのが原因で、いつも昼は混んでいる。自分も一度、それを食べた。別に大して美味いわけではなかった。確かに大盛りなので、他のものに比べて量は多かった。ただそれだけだ。特に美味いというわけではない。不味くは決してない。ただリーズナブルではある。しかし、全部食べられなかった。少々残した。

それに対し、ジャージャー麺は毎度スムーズに食べられる。スルスルと胃に入っていく。

カレーにせよミートソースのスパゲッティにせよ、最初に混ぜるようなことはしない。ミートソースの場合、いずれにせよ最後にはソースだけが余ってしまう。カレーは大がけを好むので、飯を少量残すことになる。それに不器用なので、ソースを器からこぼしてしまう危険性も。

決して麺だけを食べる趣味はないが、ソースが十分にまぶされている麺と、ぜんぜんソースが乗っていない麺が交互に味わえるのは、それなりの美味さに醍醐味があった。


ところで、この店で私は次に来ることがあったとしても、チャーハンだけは二度と注文しないだろう。大半の客が、決まり切ったかのようにそれしか注文しないのを見ると、途端に同じようにしたくなくなるのだ。

最初に行った際は、昼時で、やはり混雑していて、見知らぬ男性と同席になった。

その男性も例外なく、チャーハン大盛りを注文していた。

前回と違い、あとからやってきた同じ男性が、また正面に腰掛ける。

他人と向かい合って飯を食うことに抵抗はないはずであったが、いざ向き合ってみると、素直に食べることに、すんなりとは集中できなかった。

それにその男性のチャーハンの食べ方も、前回と同じくいささか異様な感じであった。

一度、口に入れよく噛んで、飲み込む。それだけならば単に健康的でいいのだが……。

心の中で密かに、その男性と競争を始めた。ほぼ同じタイミングで入店した彼は、違ったものを注文したにもかかわらず、先に到着した料理に手をつけずにずっとiPadを弄って、結果同時に私と昼食を開始することになってしまった、という事情もある。

とにかく単にどちらが早く昼食を食い終わるか、である。

私は食事を終えるスピードの遅さには自信があった。これには誰よりも、なるべく噛んでよい消化をしたい、という気持ちもある。人と食事を始めれば、常に最後。レストランでの外食でたまたま注文した料理が一番遅かった場合は、いつも緊張を強いられる羽目になる。

男の無心に食べている際の視線は、常にどこともいえぬ虚空を向いていた。

彼の視界には、ただピントの合わないボンヤリした世界が広がっているのが想像できた。口内にもピントの定まらない半端なチャーハンの味がしているはずだ。実際に不遇な食生活で育った人間でなくとも、それは不味くも美味くもなかった。親でも親戚でも、顔の知った誰かが作ったチャーハンの方が絶対に美味い。

五感すべてが何かの感覚で埋まっている状態など、ありえない。所詮、人間は聖徳太子ではないから、ひとつの知覚しか味わえない。故に些細な痛みが身体を襲った際、どこか痛んでいない部位を叩いたり、つねったりすれば自然と痛みから神経が解放されるという経験は、誰にでもあるだろう。味覚と嗅覚が同一であるという感覚もないではないが、ここではそれは無視する。

それにしても、彼はいったい何と対話していたのだろうか。

大して美味くもなく、心にまったく響くこともない地味なチャーハンか。それか蠅も蚊も飛び回らない、何もない空間と向き合っているのか。

私には、それが大いに何か気味の悪い、相手不在の会話に思えた。

見知らぬ男性は、思考を必要としない無難な食物を摂りながら、結局そこに存在しないはずの何者かと、言語らしい音声を使わずに交信していたのではあるまいか、と。

異星人の食事は、地球に住む人間にはとても美味には思えないだろうし、それに何よりもきっと有害なものに決まっていた。万が一、そうでなかったとしても、地球では通常とされる味が、他の惑星では不快なものであろうというのは、簡単に想像ができた。

しかし、近い未来に他の惑星から来た人間と接する機会などあるとは、本気で信じることはできない。だが、彼らの所有物などを目撃したり遭遇する方が可能性は多い。現にＵＦＯを目撃したという報告（それが実際には街灯などの見間違いであっても）の方が、宇宙人に直接何かをされたという体験を持つ人よりも多いのは真実であろう。

異星人とその乗り物であるべきUFOは、常にセットだった。

いくら常軌を逸したコスチュームをしていても、それだけでは、彼らが地球に住んでいない人物かどうかなど、誰にもわからない。少し変わった格好をしている人間と出会っただけで、いちいち異星人呼ばわりして騒いでいたら、いくら体力があっても持たないのではないか。

彼らがやってくる前には、空から眩い光を発した円盤がやってきて、近くの草むらか何処かに停止しているはずだった。テレビの『宇宙大作戦』のように、大きな船体からテレポーテーションが可能であるような高等な技術を持ち、小型の円盤などをどこかに駐機しなくて済む場合は別である。

深刻に考えてみると、自分がもし他の惑星からお忍びで地球を訪れる任務があるとしたならば、断じて乗り物が激しく発光するのを禁じるであろう。でなければ心底から目立ちたい、人から常に注目されていたいという欲望に犯されている、という変わった人物であろうかと思われる。

私ならば必ず、UFOなどの派手な光を放って注目を浴びる乗り物に頼ることなく、違った非常に地味な形で地球に潜入するだろう。やはり異星人にはテレポーテーションとテレパシーでなければならず、それらは私にも当然必要なものであった。


突然、何の予告もなく中華屋の照明が変わった。

お客の誰かの誕生日で、いまからケーキが運ばれてくるのだろうか。しかし、夜ならともかく、いまは昼。すぐにそのような祝い事とは、まったく関係ないのがわかった。勿論、旧正月でもない。目の前のチャーハンを無心に食べる男性の姿が、逆光で急に黒い影となった。誰か照明の技師でも店内にいるのであろうか。

他の客は誰一人として店内の光の行き来の変化に、何の戸惑いも見せなかった。よほど舞台や映画などの現場に疎い人間ばかりが集っていたのか。

私にとって飲食店で従業員にクレームをつけるのは日常茶飯事であるのだが、それでも照明に意見をした経験はいままでなかった。だから、文句の付けようがない。ただ黙って、当初の状態に戻るのを待つしかない。

その黒い影は、いままでと同じく黙々とチャーハンを食べ続けた……その様子に注目していたので、ジャージャー麵の存在を忘れるしかなかった。辺りは暗くなったので、私の位置からは現在器に盛られた彼の飯の量はわからない。しかし、半端ない量の大盛りがそこにあるのを知っているので、まだまだ十分に残っているのは想像できた。

いままで健全な中年男性の食事風景に見えていたものが、逆光となった途端、病院でよく目撃されるような病人の食事の様子に思えてきたのが驚きだった。

確実に米の一粒も逃さず、懸命に噛み砕いている。チャーハンから湯気がいきいきと立ち上っているのが見えた。

妥当に噛み砕いたものを、丁寧に飲み込む。外から見えない口内の奥に工員がいて、丁寧にベルトコンベアに載せ、細かくなったものを喉から胃へ送る作業。

その照明の変化が、ここぞとばかりに何かの象徴のように思え始めたのだが、私はそれについて考えるのに、多大なる疲弊を感じざるを得なかった。濡れた雑巾の束が、急に頭にのし掛かってきたみたいな重さを感じた。

残りのジャージャー麺を全部食い切って、一刻も早く店内から外に出たかった。

自分のテーブルの周りも、入店したときから雰囲気が変わって暗かった。

皿の底にまだ数本の太いソバが、味噌にまみれて残っているのは、何となくわかる。しかし、それは先程とは違って細切りにした雑巾のような不浄な生乾きの匂いがした。短い時間の間に、それは食物から何か別のものに変わり果てていた。これを、何十年も以前に誰も知らないまま泥の中で死んだミミズだと言われても、私は簡単に信じてしまうだろう。

目も耳も口もない生物に、過去も物語もないなどと決めつけてしまうのは、いささか乱暴すぎる、血も涙もない冷酷な認識であろうか。だが、所詮は皿に残った、食欲を奪う無残な食い残しに過ぎないのだから。

よほど少量ずつ、緩やかに食べ進めていたのであろうか。薄暗い空間の中、男性は自らの口にチャーハンを運んで、それを正しく丁寧に噛む作業をいまだに着々と続け、その存在感を誇示していた。いや、その流れを着々と呼ぶには、少し憂いのような雰囲気に支配されすぎているように、私には見えて仕方がなかったのである。見えるだけならばともかく、鼻にさえついたというのが正直なところ。どんな食い物も腐っていく過程にある。どんな若々しい人間でさえも、死にかけている。

たかが平凡な町の中華屋で、美味くも不味くもないチャーハンを食ってただけなのに、どことなく戦後間もなくの空爆で朽ち果てたままのヨーロッパの街角の冬の厳しさを感じさせた。と、そのようにまで表してしまえば、こちらの解釈にも問題があるような印象が残ってしまう。それは店内で有線から流れる、ダミアの物憂げに高貴な調べのシャンソンに責任があるように思われた。

すでに暗い店内は病人のような気取った面持ちでチャーハンを力強く食う男と、食うのを忘れて風化してしまったジャージャー麺の私だけになってしまったようだった。時間はまだ昼の三時前だった。

店の人間は日本語が自由でない中国人であるせいなのか、特に「出てってくれ」とは言ってこないのが、まだ安心であった。

他人が作った料理を残してはいけないという、幼年期からの謎の規則が、いまだここでも幅を利かせていた。食い切れないものは、残していいはず。子供の時分ならともかく、ムリをして食べる必要はない。大概の大人は、世界のどこかに必ずいる飢えた子供たちの存在を虐殺してまで、食事を残すものだ。酒で胃に無理矢理流し込むことのできない者は特に。

人類が生誕して以来の、血なまぐさい歴史をすべて背負って、喉を上手に飯が通らない男性の存在が、不快とまではいわないが、何かの象徴としてそこにあった。

互いに違う世界観を持つ彼と私の視線は、決して交わることはないはずだった。


結果的に、私が先に店を出た。背後でシャンソンが一瞬逆回転で流れているように思えたが、冷静に聴けば普通だった。どんな世界の音楽でも、そのエッセンスを大胆に解放させるには、逆に回転させて気分を落ち着かせて聴くのが一番だと、誰か偉い音楽の批評家から話を直接聞いた覚えがある。

次に視界に入ってきた外を行く人々は皆、傘を差していたのには少々驚いた。時間が逆に進むと、人は自然に傘を手にしたがるのであろうかとさえ思った。

店の中では気がつかなかったが、外では小雨が激しく降っていたので、店の前でじっと佇んでいるしかない。

決して矛盾ではない。粒が小さい雨が、尋常ではない量で攻撃的に降っている。

この近くに潜んでいた罪人が、外へ出た途端、密かに指をさされて裁かれている感じがした。そうでなければ、中華屋に到着する以前はあんなに晴天だったのに、気象庁の予測もなく突然殺伐とした陰湿な雨が降ることはない。

はっきりと罪人が誰なのか確定しないまま、天候予想に関係ない人生を送ってきた自分でもわかるように、当分小雨が止む様子はまったく感じられなかった。これから永遠に雨が降り続けて、日常生活に多大な不都合はあっても、何ら不思議はなかった。ようやく遅れて、今頃やってきた世界の終わりだった。

傘のない自分は、当然のように踵を返した。勇気を持って再び、背後にある中華屋のガラス扉を開いたのである。

以前にも増して、店の中は暗くなっていた。

相変わらず逆光に包まれて、男性はまだチャーハンを食っていた。もう一度、同じものを注文し、また食べているのであろうか。

ドン！　という低音の響きが、私を大いに驚かせた。

出口近くのレジの隣に置いてあったスヌーピーの、人間ならば幼稚園サイズのぬいぐるみが、何の予告もなく突然、私の足下目がけて落下してきたのである。

「痛い！」

訴えは誰の気を引くこともなかった。よく考えれば、ぬいぐるみの中に木や鉄が入っているわけでもないので、それが靴の上に落ちただけでは特に何も痛くない。それは身体の痛みでなく、突拍子もない驚嘆を表しただけの至って罪のないものだった。

私の靴に跪いたまま、地面で静止状態のスヌーピーに、店内の誰も気がついていなかったらしく、しばらくはそのままの状態が続いた。

「待って、まだジャージャー麵食べるから」

チャーハンを食う男性客以外、暗かったので気がつかなかったが、私から注文を訊いた中年女性の店員が、私の食べていたジャージャー麵を厨房に持ち去ろうとする寸前だった。

慌てて元の席に着く。その勢いに合わせて、皿に残ったソバの数本を口に運ぶ。

しかし、思ったようにそれは自分の喉奥にスムーズに入って行かなかった。それはまるで生きている太いミミズのように、飲み込まれるのを拒んでいた。

半端に閉まった店の出口を横目に見ると、大きなスヌーピーがいまだ地面に顔をくっつけていた。誰かが早く、レジの隣に戻さないと可哀想。雨水で汚れるので。

その様子は、かつて若い頃に何かの雑誌で見たベトナム戦争を回顧する特集ページで、ハノイ市内の地面に置かれた何者かの家財の中の、汚れたぬいぐるみの存在を思い出させた。いたいけな少女が手にしているべきもの。残念ながらスヌーピーではなく、平凡な茶色のクマのぬいぐるみ。

いままで記述するのを忘れていたが、この凡庸な中華屋の中で、重苦しい歴史の影が音を立てて血なまぐさい匂いを立ちこめさせていたのを薄々肌で感じていたのが、自分の中で言語化されずに思考の闇の中で燻っていた。それが以前よりも、さらに強くなってきて、しかも突然頭上に落ちてきた古新聞の束みたいにのし掛かってきたように、感じ始めていたのだ。

それが喉を遮って、麺の飲み込みを邪魔しているのは明らかだった。

何かからの悪意だ。でなければ、何者かからの呪い。

小さな孤立した遠い過去の死が、時間をかけて、ゆっくりと世界のすべてを飲み込もうとしているのだった。

いま店内で小さく流れているダミアの声は、どう聴いても逆再生だった。まるで魔女の呪文だった。栓を抜いた風呂に、垢や毛髪や何もかも吸い込まれて消えてゆく音。曲は「暗い日曜日」ではあるように思えた。ちなみに今日は日曜ではなく確実に平日だった。レジカウンターの柱にある、日めくりのカレンダーには「火曜」と、明るいアニメっぽい文字で呑気に書いてある。

三月六日
急激な時間の経過に、私は驚愕した。すでに中華屋のレジの背面の壁にあった日めくりカレンダーが、いつの間にか何者かに破かれて次の日になっていたからだ。入店した昼には、まだ絶対に「五日」だった。
それを認識したのは、ちょっとトイレに行くため、用を足そうとして立ち上がった際だった。時の経過を意識しつつ、店員に洗面所の場所を訊くことなしに勝手に店の奥に向かう。あたかも沈んだ船の奥底の闇を、手探りで探っているような不安な気分になった。

「トイレ」と書かれた突き当たりのドアの手前で、厨房内部を見渡せた。調理人は休憩に入ったのか誰もおらず、大きなファンだけが依然回っていた。そこでしばらく様子を眺めていたが、尿意の高まりと共に、黙って立ち去るしか術はなかった。

ドアを開け、電気を付けると便所は、洋式と小用のものと二つあった。

テーブルの上にジャージャー麵を残し、一刻も早く店を出たかったが、こうも尿意があっては性器の先からほとばしる尿ばかりに、神経を集中せざるを得ない。

個室便所の閉ざされた扉の上の窓は開いており、外が見えた。そこは先があるのかないのか、よくわからない完全なる暗闇で、いくら店の裏だからといって、ここまで光がないものなのか。そこをじっくり長い時間をかけてまで、見る気はしなかった。

店で出された水を、無料だとばかりに飲み過ぎたのを後悔した。なかなか終わらない。

便器に放出される尿が途切れないうちに、水を流す。

その瞬間、客たちの会話が聞こえた。昼の店の状況の騒がしさが蘇ったように感じたが、勿論それは空耳で、水音がそのように思わせるのだろう。

ここまで緊迫を強いられての排泄は、かつて池袋の立ち食いそば屋で、便所に入って明かりをつけた途端、昔のパソコンのスクリーンセーバーのように、どこもかしこも小さなゴキブリがひしめき合っていたのを思い出す。この状態は、あれ以上かもしれない。

尿が十分に途切れ、慌てるように横の洗面台にスライドした。

両手を濡らす程度に水がかかっただけで、便所を出ようと、後ろ手でドアを押した。

そのとき、鏡の端に何者かからの視線を感じた。気味の悪い赤く火照った顔がボンヤリと、誰かが光を当てたみたいに浮かび上がったような気がした。

私はゾッとして、額に汗が滲み出たのを感じた。

振り向かないと、便所から出られないので、迷わずに顔があった位置に目を向けた。

誰もいなかった。人でなくても、何かが光を発したのは確かだ。

さらに記憶ではそこに、中年女性がいたはずだった。好色じみた、品のない笑顔の女。焦点は合っていないが、確実にその類が痴呆的に痙《つ》り上がったのを見たはずだった。

あらゆることに納得はできないが、確実にここから出なければならない。

暗い店内の出口の方に目をやった。レジの前には、大きなスヌーピーのぬいぐるみが落ちたままで、それを知って避けなければ確実に躓いてしまう障害になっていた。

*

いくつかの薄くて白いビニールの袋には、沢山の食品が入っていた。その多くはおにぎりだ。店には驚くほどの種類があったが、後悔しないよう、すべてを買い占めた。そのあとにおにぎりを買い占めにきた団体客が、あまりのおにぎりの種類のなさにガッカリしていた様子の一部始終を、私は眺めていた。同情して、棚におにぎりを戻すようなことは一切しなかった。そもそも、おにぎりことは、いまこうして団体客の存在を思い出してから気がついたことだ。棚に戻したところで、特に彼らから感謝されるわけでもないだろう。感謝されたいかといえば、答えはＮＯだ。別に誰からも感謝なんてされたくない。それに本当に沢山の種類のおにぎりが食べたければ、売り切れる前に他のコンビニに行けばいいのだし。

とはいえ、おにぎりの買い占めに、罪悪感がまるでない、といえば嘘になる。

彼らが公園の芝生の上で車座になって、語らいあい、笑いながら、ひとりひとりが違うおにぎりを食す機会があってていい。誰かがアコースティックギターで、なにがしかの歌を唄う。

彼らの一部はおにぎり全部売り切れの悲惨さを、外人みたいに大袈裟な身振りで表現して声を上げていた。その様子を、ちゃんと凝視していたのではないから、漠然と背広姿の男性の団体客だと思い込んでいたが、帰り際に後ろを振り返って確認したら、その中に実際には女性も五人ほどいた。彼女たちだけ外国人。よく見たら女性全員があの有名なスパイス・ガールズのメンバーだったのは驚いた。お忍びで来日していたのだろうか。

彼女たちはおにぎりが大好物で、それを食べたかったので急遽イギリスから来日した。

店内には他、若い男女のアルバイト店員二人がいたが、彼らは私などと違い、世代的に知らないらしく、単なる派手な格好した外人の群れとしか見ていないようで、まったく騒がず、サインを求めたりすらしなかったのが日本人らしくなくて、クールで印象的だった。

彼女たちが人気絶頂の頃、多くのファンに熱望されていた日本でのライブ公演は実現しなかったものの、何度かは来日し、大のおにぎり好きであるのを、やたらとアピールする映像をテレビで確かに見た記憶がある。コンビニのCMに出て、全員がそれぞれお好みのおにぎりを手にして歌い踊っていたのを、チラリと見た覚えまでもあった。おまけにリーダーらしき一番目立つ女性が、おにぎりを日本の美の象徴とまで語るインタヴュー映像も存在する。米が主食ではない、欧米人ならではの発想であろう。彼女が語るには、イギリスのスーパーでも最近はおにぎりを売っているらしいが、それは腐った果物のように美味くないらしい。

しかし、彼女たちは、ここで結局ひとつのおにぎりをも手にすることができなかった。唯一それだけを求めてやってきたのに、そのまま帰国してしまうのは、残念であった。

あの五人組の外人女性たちに、生で遭遇して興奮気味のまま、私は編集部のある建物に戻ってきた。夜遅くなると昼までと違って、どこか寂れた印象のある場所になっていたのには、ダイレクトに驚きを禁じえなかった。救いのない陰惨な感じさえした。

入り口に着くと、どこからか怒鳴り合いの喧嘩のような言い合いが聞こえてくる。不審者が出入りするという悪い評判の会社が、何階かにあり、そこから聞こえているのだと思った。外から見て、派手に曲がっているブラインドの部屋が陰気に目立つ。その部屋だ。

どこかが引っ越すのか、会社が潰れたのか、大量のゴミが入り口前に置かれていた。その多くが束ねられた書類であったが、他は変色した壁紙を丸めたもの、それから古い電化製品だった。

それらのせいで、ここがとてつもなく荒廃した場所である印象を万人に持たせるのだ。

あのスパイス・ガールズに出会った興奮を早急に、誰かに伝えたかった。てっとり早くサインをもらえば良かった、と今頃になって気がついたが、彼女たちの存在に気づいても、非常にクールな態度をする日本人がひとりくらいいても構わない。そのとき心の中で、彼女たちの曲が流れていて、無意識にずっと口ずさんでいたが、それが冷静に考えてみたら誰だかわからない全く別のミュージシャンの人気曲なのに気がついたので、歌うのを止めた。

「あのスパガがコンビニにいたんですよ！」

編集部のドアを開くと後ろ姿の小松が、自分の机のある席に座っていたのが目に入ってきたので、開口一番にそう告げた。ヘッドホンで耳が塞がっており、何も答えなかった。

彼の他に編集者は、誰もいなかった。皆、帰宅したのであろうか。

まだ他の会社の口論が、外でよりも小さいが、確実にここでも聞こえる。よっぽど壁が薄いのか。いつの間にか赤ん坊の激しい泣き声も加わっていたようだ。

「彼女たち来日していたんですね！　知らなかった」

まだ小松は後ろを向いたままだった。気づいてないらしい。

いても立ってもいられなくなって、彼の背後に近寄って肩を叩いた。

「ねえ、コンビニにあのスパイス・ガールズがいたんですよ！」

驚いた表情で振り向いた。急に呼んだせいなのか、スパイス・ガールズの突然の来日が、彼にとって信じられぬ奇跡の吉報とばかりに驚いたのかわからない。

それは驚きの表情では決してなく、顔で不快を示すものであるのが、何となくわかった。

「あれっ、スパイス・ガールズ嫌いなんですか？」

尋ねたが、小松は何も答えない。


私は仕方なく、編集部から仕事場として宛がわれた会議室に戻った。

昼とは違い、この部屋もコンビニに行った間に随分と荒廃した印象を受け、驚いた。いったい何が起きたのか。留守の間に、急激な経年劣化を引き起こすガスでも噴霧されたのか、窓際にあった、一本だけ花瓶にあった健康的なバラの花が、すっかり枯れていて、何故か黒魔術的な心霊ムードを夢想させていたのだった。

この悪夢な状態の変化を科学的に精査しようと考えたが、壁に突然汚らしい染みが広がっているとか目に見えて具体的に何が寂れている、というわけではなさそうだ。その避けることのできない事実にも、途方もなく心底驚いた表情をしていたに違いない。

鏡を見ていないが、自分の表情が恐ろしいほど、不健全な死人の遺影のように疲労しているのが手に取るようにわかっている。こういう気分のときは、必ずそうである。

気を取り直して、コンビニで買ってきたものを、会議室の机の上に置こうと思い立つが、椅子の上から身体がまったく動かない。一瞬、朽ち果てたバラの放った呪いか、とさえ思ったが、そういうわけではなく、すぐに椅子から真っ直ぐ立ち上がることはできた。

しかし、立ったのはいいのだが、まったく動くことができない。

言っておくが、これは厳密には金縛りと呼べるような精神的な静止状態ではない。一向に可視化されぬ、道理の通らない憎しみが平然と存在していたのは感じたが、それでも呪いなどというものとは決定的に一線を画する。

呼び名がまだない、新しい名称を我々に求める何かなのか。そうに違いなかったが、何者かわからないものが姿を見せないどころか、まったくの自己紹介もなく、それを要求するという傲慢な態度はいかがなものなのか、と思わずにはいられなかった。

そこで心霊現象というものが最初に認識されたのは、いったいいつなのだろうかという疑問が起こった。私はコンビニで買ってきたもののことはすっかり忘れて、ノートパソコンのインターネットで調べた。

しかし、特に情報は出てこなかった。

何にも初めがあり、それがないと何も人々から認知されることはない。にもかかわらず、心霊現象の報告は蔓延し続ける。あたかも、現在生きている者よりもすでに死んだ者の数が凌駕しすぎて、自然とそちらの持つパワーの方が強大になったのを証明するかのような時代の到来を予感させる。

所詮、私たちが生きている世界が、いつの間にか転じてマイナーに墜ち、死んだものたちが生者を引きずり下ろすために、醜悪な現実を生み出す。一見、何もないようで、汚れも一切感じさせないが、実際には恐ろしいほどに実は凶悪な腐臭を放っているのだった。普段、簡単に清掃されたコンビニに入り浸っていれば、それは安手の洗剤の匂いに掻き消されて、死臭を嗅ぐことはできない。

おぞましい悪臭は勿論、死を覆い隠すベールは、この世のすべてに浸食していた。

そこにあるはずのないもの、起こるはずのないことが殺伐とひしめき合う偽物の現実が、腹立たしいというよりも痛々しかった。

会議室やコンビニの猥雑な醜悪さが、いま頃になって仕事から私の意識を引き離す。

そもそも、労働とはいったい何か。

権力が要求する競争に敗れたものたちの、累々とした屍の山が、問いに何も答えることなく見えない腐臭を放つ。

放心状態のまま佇んでいると、やがて隣からくぐもった数人の話し声が聞こえてきた。

気づいていたが、この部屋の向う側に隣なんてないはずだ。何もない、ただの壁。騙されない。

会話も、中身のない呟きかささやきにしか過ぎなかったし、一言でも単語が耳に入るのなら別だが、何ら具体性もないただの音には、不思議と恐怖が湧くようなことはなかった。会話らしく聞こえはするが、実際は単なる音。それよりも、ただいつそこで漂っているはずの死臭が現実の問題として、鼻を襲ってくるのか、それだけに焦点を定めてビクビクしていた。

人がわざわざ嗅ぐのを想定しない匂い……そこに存在しないものたちの、計り知れぬ遠方からの悪意が込められ、ふとしたタイミングで漂ってくる。その予兆だけが、黙って私の胃をチクチクと痛め続けるような時間が、ただ漫然と過ぎていった。

このような時間を、黙って過ごすことが労働と呼ぶべきものなのか。

私の体験した、希有な心霊現象を記す術は、とうに失われたようだった。

その際に記した日記は、数日前からどこかに忽然と姿を消してしまっていた。保存した記憶はあるのに……。悪意を遠隔で送って寄越すものたちが、巧みな計画の末に奪ったのか否かは定かではない。

とにかく私の手元から、日々を綴った記録は突然消えた。すべてを白日のもとに晒すときは、さらに遠ざかっていってしまう。

*

床に座り込み、両耳を塞いだまま時間が過ぎた。

そうこうしているうちに、気味の悪い呟きが壁の向こうで止んで、しばらく経った。

久しぶりに窓の外を見ると、まったく何の光もなく暗黒。黒い紙が貼られているのではないか、と疑いたくなるが、夕刻と違って安易に近づけさせない、得体の知れない強い何かがそこからグングンと発せられているのがわかる。

「ああ、オレがもし宇宙に行ったことのある人間だったらなぁ！」

背伸びするついでに、大声で独白してみる。

これは思いつきに過ぎなかったが、宇宙空間を地球外から眺めた経験をいろいろ想像してみると、他者からの呪いだとか、死に神的な謎の存在からの影響を、最小限に抑えるのが可能になるのではないかと。

そんな思いに取り憑かれ、しばらくネットで宇宙飛行士たちの宇宙体験後の日常を色々と検索して楽しむ。一見、動くのに不自由そうな宇宙服を脱いだ後の、きらめく星々に彩られた彼らの人生は、どんなにきらめく夜景の都市に住んでいても得ることのない輝きを誇っていたのだった。しかし、よくよく考えてみれば、私個人はロケットなどの移動手段を操縦できず、たとえできても決して一人では行けないので、宇宙生活で必要とされるに違いない仲間との協調性の高さを要求されるのだと思うと……他人に対して偽善的に振る舞うしかないのだろうか。

人一倍の洞察力の高さだけが自慢である。裏表のある生き方に馴染んだ経験から、他人の心を機敏に読み取り、必要とあれば自分にも堂々と嘘をつく。

かつて若い頃の短い期間だったが、千代田区にある環境にやさしい生活用品を扱う大きな会社に勤めたことがあった。主に郊外の団地の家庭を訪問し、それぞれの室内の不衛生さを調査するという仕事である。正直言えば、退屈極まりない仕事だったが、気持ちとしては調査結果を本格的にまとめることに喜びを見出していた。僅か二枚の報告書に三日もかける徹底ぶりで、よく徹夜もした。

それに上司からの評価も相当なものだったし、それは真実のレポートとして雑誌記者から信用されて、雑誌にそのまま鵜呑みにされて掲載された。

私が作成した円グラフは滑稽なまでにでたらめであり、そこに添えられた数は笑ってしまうほどに適当だった。だが、人々はそれを信じたし、実際に行った正確な調査のもと真面目にレポートを書けばいいところを、敢えて苦心して創作の虚偽の報告をしたのだった。結果的にもそれを自分自身で正しいものと信じ込み、それを疑う者すべてと戦ったが、やはり仕事は面白く、上司の木浦という男性の連発するつまらないジョークには辟易したが、同僚たちとも週末は郊外で派手にキャンプなどして楽しんだ。ちなみにジョーク連発の木浦という上司は、ある日社食でランチを食べたあと突然行方不明になって、現在に至る。

そんな苦くなくやや甘いとさえいえる過去の経験を小説にした作品を掲載してくれた雑誌は、いまだに続いて刊行されており、一部はこの会議室の片隅に、何冊か置かれていた。パックのアイスコーヒーを飲みながら、それらの存在に気がつき、懐かしい友と偶然出会ったかのように、ふと暖かい笑みがこぼれた。

＊

「何をニヤニヤとイヤらしい顔してるんですか」

私だけの世界に、あの小松が登場して会議室の入り口に立っていた。しかし、特に驚くことはない。編集部に彼がまだいたのを、先程この目で見ていたので。

「例の原稿はどうなりました」

しかし、私は大いに驚く表情をして、無言で答えた。

小松はいつもの地味な印象と違って、やけに意地が悪い人物に思えた。

どことなく昔観たアニメの登場人物のようにも見えた。しかし、こんなに小さい人間だったのか。

誰かにハンマーで、頭から叩かれたようだ。

ああ、あれだ『トムとジェリー』だ。トムの計算高さと高慢さ、ジェリーの身振りの軽妙さを合わせ、さらに大幅に愛らしさをさっ引く。

「例の心霊体験を綴ったその時期の日記が、このノートパソコンのどこかにあるはずなんだが、それを元に原稿を執筆しようと考えていたものの、それが何故かどこにも見当たらない。これはいったいどうしたものか」というような趣旨の意向を彼に懸命に伝えた。

「ああ」

小松の味気ない無情な返答は、私の悲願をちゃんと聞いていたか、理解していたか、まったく不安に駆られる応対であった。寧ろ、敢えて何も聞こうとはしていない悪意さえ、声から感じられたのが残念。それに気づいたら、無罪なのに首をギロチンで切断され、生首からでも自分は罪人ではないと悲願したがった十八世紀のある男性の写真と自分が同じ状況に置かれているのがわかって、却っていま冷静になるなんてムリだ、と正直思った。

「ああ」

小松はその空虚で、力ない返答を二度も繰り返す。

正確には、それが返答なのか、人間が時にやる曖昧で動物的な軽い呻き声なのか、判断しかねる響きだった。

確かに自分に向けられたのではない、どこかの空間に位置する、何物でもない時空に向かって放出された意思。

急激に視力が低下し始めて、視界の大部分を占める小松の背後の地味な会議室の壁が、ドロドロと溶け出し、崩れているように見えた。

溶け出す鈍い音が、人が何も考えずに呟く「ああ」に聞こえたのか。

いずれにせよ、壁が急に溶けるなんてのは現実にはあり得ないからと、急に冷静になる。単にそういう風に見えるだけ。

「ああ」

次に耳にした「ああ」は人の声でも物音でも何でもなくて、どちらでもなかったし、最早何が発している音でもよかった。

この会議室は、社員の数には相応しくなく広いし、象を飼うような天井の高さはないものの、何かの動物はここで扱えるのではないか。

冷静に考えれば、ちっともまともな状況ではなかったにもかかわらず、私はこの時間が平凡な日常である確信を捨てずにいたし、そうでなければならなかったし、何よりも先に日記があるファイルを見つけ出して、それを元に執筆を完了させねば。

どんなに焦っても、ないものは見つからない。

「この日記を元にね、原稿を」

小松に見せてやろうとしたが、見つからない。

しばらくすると、私から中身のないくだらない原稿を取ることなど、やっと諦めたかのように小松はドアを閉めて部屋を去った。と同時に、私がまだいるのに、会議室の明かりを消してしまった。ドアの曇りガラスから、編集部の電灯がまだ煌々と輝いて見えた。

百％でないにせよ、闇の中での変容を目撃するのは不可能に近い。音など、特に聞き取ることはできないにせよ、何らかの形で、それを感じるのが大切だと。

しかし、こちらも身を潜めて、ここにいないかのように、じっと黙っていると、その編集部の明かりも数時間経ってから、突然さっさと消えてしまったのである。

Interview

古井由吉氏にズバリ訊く　vs.古井由吉

中原　僕は古井さんの本を網羅的に読んでるわけでもないんです。限られた作品、『杳子』や『妻《つま》隠《ごみ》』などは読ませていただいていまして、今回、最新作『辻』も面白く読んだんですけど、まったくの勉強不足でここにやってきました。今日は、こんなことを訊いたら無知だと思われるようなことを思い切ってうかがおうと思います。それで、いきなりですが、古井さんの特徴的な文体について前からうかがいたかったことなんですが、作中内の会話を括弧で括るのをやめた理由はなんですか？

古井　そうねぇ。カギ括弧に入れて喋らせるほど、その人物が僕にとって他者になりきってないからね。なんだかね、猿回しの役をやるのもいやだし、それだったらいっそ自分の、というか、語り手の地の文のなかへ取り込んでしまったほうがいいのではないかと。

中原　なるほど。小説を書き始めてから、いつくらいでそうなったんですか？

古井　かなり早いですよ。というのはね、僕は外国文学をやってたでしょ。接続法っていうのがあって、登場人物の台詞を地の文でも半間接話法で続けられる。日本語はそうはいかなくて、「と言った」とかなんとかってつけるのは僕には厄介なんだ。だいたい僕の書いているものも、オーソドックスな意味での小説ではないわけね。僕のも、って言ったが、あなたの顔を見て言ってるわけ

（笑）。だもんだから、どうしても普通の小説とは違ったやり方になるんですよ。語り手と、登場人物と、語り手の後ろに著者がいるわけですが、それが溶けちゃうことがあるんです。そうすると、カギ括弧を使うのも、何かよそよそしくてね。

中原　それによって文体も変わっていくでしょうし、普通の人がいきなり古井さんの小説を読むと、やはりとっつきにくい……なんて偉そうで、ほんとにお恥ずかしいんですけども。

古井　二人とも、わかりにくい小説を書いてますよね。あなたも小説の中で言ってたけれども、書くっていうのはなかなかいやなことで。

中原　そうですね。なんでこんなことを書いているのだろうということを常に考えちゃいます。

古井　そこなんです。それが年がいったら、自分が書いているんじゃない、誰かに書かされているんだ、という気がしてきたんだ。といっても、私は出版社とかマーケットが書かせてるっていうほどの作家じゃないですからね（笑）。なにか、言葉そのものが表現を求めているんだろうなと思ってやってます。中原さんの小説（「名もなき孤児たちの墓」）のなかで面白いことが書いてあってね。『誰の欲望も満たすことの絶対にない』小説を書いてみたい」と。「道の脇にある雑草のようなものを書きたい」と言うんだけれど、その草の葉から「悲痛な叫びのようなもの」が聴こえてきて気持ち悪いとも書いてある。

中原　ええ、そうですね。

古井　それからまた、「自分の書いた原稿の活字の一つ一つが、誰の意向とも関係なく何かを伝えようとして、必死にもがいているような気がしてくる。それが本当に気持ち悪い」ともあった。それは同感でした。そういう気味の悪さは当然自己嫌悪となって跳ね返ってくるわけで、それをどう乗り切るかの問題なんですよね。言葉のほうもね、自分から働くわけにいかない。書き手つまり人の手を借りなきゃならない。向こうもいやだと思ってるよ（笑）。こんな野郎のねばっこい手にかかって、どうしてこう下手なんだろうとか、どうしてこんなにもってまわるんだろうとか。

中原　言葉そのものがそういう文句を言ってくれればまだ楽なんですけどね。

古井　ほんとにそういう言葉からの苦情、嘲笑を感じている。するとね、ときたま言葉がもう辟易して助けてくれるんですよ。そんなふうに小説を書いてますから、作品を誉めていただくのはいいけど、それでもって賞なんか受けるのは恥の上塗りと思ってるくらい。こうやって言葉に苦労して、言葉を悩まし、言葉からも嫌われてやってる。なにを表したいかっていうとね、いってみれば、転がっている石ころを表せればもうそれで十分なんだ。石ころっていうのは、どういうことか。沈黙を表したいということだと思うのね。矛盾じゃありませんか、沈黙を表すのに言葉を使うっていうのは。沈黙を表そうとすると、余計言葉を投げ込まなきゃいかん。その沈黙が沈黙たるゆえんを言葉で説明するとなると、これはなかなかできないことだし、この説明するおせっかいに自己嫌悪を覚えるというね、そういう苦しさがあるんですよ。中原さんの小説にもそれはよく出ていますよ。

中原　いやいやいや、僕の場合は怠惰なだけという感じがいつもしてて。でも怠惰であることも誠実さをもってやっているつもりなんですけどね。あ、なんかいま会場から失笑が起きていますが。

古井　短篇でも中篇でも長篇でも、三分の二くらいまで進むと、もう書くことがなくなるんです。

中原　そういうとき、余計な言葉を付け加えて水増ししちゃったり、とかないんですか？

古井　車はタンクが空すれすれになるとしばらくはよく走るんですよ。もうそれです。自分の計らいから外れてしまうと、ようやく筆が動いてくる。

中原　いつ頃からそんな感じなんですか？

古井　四〇過ぎだね。そのときから、決して自分が書いているとは言えない。言葉っていうのは、無数の個人の集合体みたいで、その働きがあって、こっちが行き詰まるところまでいけば、なんとかしてくれるだろうと。だから、そのあとはあまり考えない。

中原　そうですか。僕もそういう境地に達したいですけど。

古井　だってさ、競馬でも馬がだめな騎手に業を煮やして「お前は何もするな！」と自分から走って勝つってことがあるんですよ。あるところまでいくとね、いままでに書いた文が何かを呼ぶんです。そうすると、自分の計らいとは違ったところにいきますよ。それで書き終えた後で、自分は虚言症じゃないかなと思っちゃうのね。そんなこと最初は思ってもいなかったじゃないって。『辻』だって、書き始めのころは結末と逆のことを考えてたんじゃないかな。

中原　『辻』の初出一覧を読んでたら、「新潮」での連載中、何度か休みの月がありますね。たとえば一月発売の号がお休みになってますけど、正月休みだったんですか？

古井　僕のやり方としてね、休みたい月が年に三回あるんですよ。まず四月ね。花が咲くから。それに、五月の連休前だから締め切りが早いんだよ。それから八月。暑いじゃない（笑）。それから十二月ね。まぁ年末くらいはね、人心地がついてのんびりやりたい。そうするとほら、一年で三回穴があく。で、十二回の連載がだいたい十五ヶ月になるんです。ところが今やってる「群像」での連作小説「黙躁」はちょっと困ってね。連載が始まって三回目で四月の締め切りがきちゃった。締め切りが四月十日だっていうのね。よしてくださいよ、花も咲いてるのに（笑）。

中原　いいですね、そんなこと言ってみたいなあ！　いつぐらいからそういうペースが定着したんですか。

古井　もう、この三年ぐらいかな。以前はまだ体力があったから。ただ前はね、連載が終わると一年ぐらい書かないときもあったけど、今はひとつの連載を終えても割りと早く次の仕事を起こせるんです。

中原　毎日決まった時間に起きて書くとか、そういう決まりはあるんですか？

古井　午後からだね。小説を書くのは昼間の仕事と思ってます。言ってみれば肉体労働ですから。ものを読んで思索するというのは夜がいい。夜のほうが受容力はあるのかな。

中原　古井さんはお酒好きで、御一緒したときはすごく遅くまで飲まれてますよね。

古井　もう、そろそろ弱くなりました。どういうものか、私の母親が造り酒屋の娘でね。子どもの頃から酒の匂いに親しんでいるんですよ。だけど、僕の親族で酒飲みはほとんどいないから、突然変異なんでしょう。

中原　僕の仕事机には酒が二本くらい置いてあって、普段は飲まないけど、いっそ一気飲みしたほうがいっぱい書けるんじゃないか、といつも思いますけどね。酔った状態で書くことはないですか？

古井　それは、だめですね。一種の恍惚状態に入って、やっぱりちょっと現実からずれてしまう。言葉もなかなか冷酷でね、恍惚状態につきあってくれないんですよ。意外に言葉そのものはリアリストかもしれない。酔うと、いかにも良さそうなことを考えますわな。でも、それを書きとめて翌日読んでごらんなさい。よくもこんな馬鹿なことをってものを書いてると呆れる。気持ちがのってるときとか、実にうまく書けてると思うときは、だいたいあとから読んで、いいことがない。そういうときは早く切り上げちゃう。ああ今日はだめだった、そう思う時のほうがまだしもいいんですよ。

中原　そうなんですか。そういうときは原稿の進みは遅いですよね。

古井　遅い、遅い。でも原稿を破り捨てることは少ないですよ。

中原　一日に、どばっと、こんなにたくさん書けちゃったよってことはないですか？

古井　小説に関しては、三〇代、四〇代半ばくらいまでは、だんだん締め切りが迫ってきて、最後に一日七枚とかね。でも五〇過ぎてから、小説に関してはないですね。そのうちに随筆に関してもなくなった。原稿用紙七枚ほどのエッセイが一日では書けなくなっちゃったね。五枚書いて二枚尻尾が出るんですよ。すると翌日はそれでつぶれちゃうわけね。それは遅くなりました。

中原　締め切りは守るほうですか？

古井　守ります。緊張症ですから。締め切りが迫ってくると、だめなんですよ。

中原　そうなんですか。耳の痛い話です。僕はすごい遅いので。

古井　締め切りを守ることに関しては今の作家の中で随一じゃないかな。それだけ薄情だっていうことです。

中原　自分が書いたものに対して薄情ってことですか？

古井　いや、書いたものが僕に対して薄情なのかもしれない。

中原　何度も推敲を重ねるんですか？

古井　最初から原稿用紙に書きつけるということがないんですよ。原稿用紙って何枚も書き損なうじゃありませんか。その裏を使って書くんです。そういうものがなかったら、広告でもいい。きれいなところに書くのが苦手なんです。書き損じの紙の裏に鉛筆でくしゃくしゃって書いて、俺の力では今のところこれ以上はだめだなと思うと原稿用紙に書く、というやり方だから。

中原　逆に混乱しちゃいませんかね？

古井　混乱しますよ。でも、最初にごちゃごちゃやってるから、原稿用紙に書き始めてから大いに手を入れるってことがだんだん少なくなってきた。

中原　最初にごちゃごちゃ書くっていうのは、迷いだと思いますか？

古井　迷いだし、ほら、自分のなかのチューニングが狂ってるときがあるでしょう。

中原　僕はずっとチューニング狂いっぱなしですけど。

古井　まあ狂ったほうがうまくいくこともあるんだけどね。

中原　どの時期が一番狂いがちだったと御自分で思いますか？

古井　体の変調期ってあるんですよ、三〇代、四〇代、五〇代の、それぞれ節目に。でも、チューニングが狂ったときだからなにかが出てくるってこともあるのね。いままで自分で知らなかったこと。それも大事じゃないですか。ま、どうせ安らかにはいかないんだから。こういう仕事するってのはそもそも狂っているわけ。

中原　いまは精度がすごいびちっと合ってる状態だと？

古井　いやぁ……そんなことはない。だいたいね、意味とか文脈を明確にしようとすればするほど、その可能性って無数にあるんだから、どんどんぶれますよ。推敲なんて気安くいうけどね、推敲って叩いたり押したりすることでしょ。明日の朝までやってたって、埒があくわけないんですからね。

中原　書いたものがゲラになると、今度は校正の人がいろいろ言ってきますよね。単なる表記の間違いとかだったらいいんですけども、「この人はもうこの部屋にいなかったのでは？」みたいな細かいこと言う人がいるじゃないですか。

古井　それはなるべく願い下げしたいよね。まぁ校閲のほうは一応完成されたものとして原稿を読んでる。でも、こっちはまだ展開中のつもりで原稿を渡すから。

中原　でも、校閲の人の意見が入ることによって、自分だけが書いているわけじゃないっていう感じが心地よい場合もあります。

古井　それは、小説は人様に読まれるものだな、とつくづく思うことはありますけどね。

中原　ついでなら、校閲の人が半分くらい書いてくれないかな（笑）。そういう小説、書きたいなあ。校閲の人がいっぱい書いた小説。

古井　ははは。あなた、校閲者がその人の現実感覚で赤を入れたら真っ赤っ赤になりますよ。

中原　そうやって校閲者なり編集者の考えを聞いていると、己の仕事に関して懐疑心を持ってしまう人はいないのかなと思ったりもするんですけど。

古井　ほんとのことを言うとね、どの作家でも非常に微妙な表現は、そうなんですよ。日本近代文学の古典、やれ漱石だ鷗外だ志賀直哉だ、それらをよく読んでごらんなさい。わけのわかんないところがたくさんあるから。しかもいいところなんですよ。そういうところが、やっぱり文学にはあるんです。原稿書き終えたときと、校正刷りが出てくるときとで、著者の了見が変わったりすることもあるでしょ。そういう微妙な間合いにあることで。

中原　古井さんの校閲の人は大変ですね。

古井　そうでしょうねぇ。僕の字がまた、ちょっと奇妙な字でね、丁寧に書こうとすればするほど読みにくくなる。やっぱり年をとるにつれて手が遅くなる。漢字なんかね、ゆっくり書くと変なものに見えてくるんですよ。見慣れないものに見えてくる。これはほんとにこういう字なんだろうかって、当用漢字なんかにつかまってしまって、原稿が遅々として進まない。

中原　僕は最近あんまり字そのものを書いてないせいか、すべての漢字について、こんな字だったたっけとか思います。古井さんの本は、読めない漢字がよくあるので、すごい緊張して読んじゃいます。

古井　そういえばこの前、中原さんと朗読会やったら、あなた、自分の小説を朗読してる途中で、前にいるお客さんに、「この字はなんて読むんですか」って訊いてたね（笑）。

中原　ワープロは、まったく使ったことないですか？

古井　ない。昔のタイプライターはやりましたけどね。どうも僕がやったら面白がって、なにをやりだすかわからないから。試行錯誤が無限になってしまうような気がするのね。いつまでたっても終わらない。

中原　ああ、そうですか。それはそれで見たい気もするんですけどね。僕も最初は手書きで書いてたんですよ。単に貧乏で、ワープロもパソコンも買えなかったから。でも、いざワープロにしちゃうと、もう戻れなくて。

古井　そうでしょうねぇ。まぁ手で書くっていうのは、ワープロで書くより恥ずかしいことですから。漢字がね、「お前なんかに使われてやるもんか」としかめ面をすることが多いんですよ。そうすると、遠慮してほかの漢字を使ったりする。

中原　そんな葛藤があるんですか？

古井　ありますよ。そうすると、手がびびるんです。書いていて、どこかでちょっとずるしたなと思うと、だんだん文字がおかしくなってくる。それに気がついて引き返す。書いてるものがずれる前に文字がおかしくなるんです。あなたの小説のなかで、右手と左手がその主《あるじ》の意思とはまったく関係なくそれぞれ動いてるってのがあったでしょ。手でものを書くとね、そういうことがあるんですよね。右手で書いてるくせに、左手が文句言う。左手が痛み出すんですよ。こっちは「お前を使ってるわけじゃあるまい」って思うんだけど。

中原　頭のなかで、大忙しですね。

古井　それは大変ですよ。左手のほうに行って詫びて、右手のほうに行って詫びて。もうちょっとだけ、締め切りまで我慢してくれってね。

中原　それを実際、口に出して言ったりはしないんですか？

古井　言ってることもあります、実は。

中原　わはは、それは恐いですね。

古井　それでその手のほうはね、文字や言葉と結託することがあるんですよ。主《あるじ》に向かって、うるせぇっていうわけだ。お前はひっこんでろって。

中原　それはすごい。小説に書かれていることよりものすごい葛藤がいっぱいある。

古井　そうですよ、だから書かれていることはつまらないのかもしれない、それに比べると（笑）。

中原　いやいやいや、そんなことはないですけれども。それはでも、そこまでいろいろあるっていうのは、やっぱり小説っていうのは、やりがいのある仕事ですね。

古井　中原さんが書いたけど、誰の意向でもないのに、文字そのものがなにかを表そうとしてもがいていて、気味悪いと。これを言った日本の近代作家は、一人もいないはずですよ。

中原　いやいやいや。そうじゃないほうが楽だし、そのほうがいいと思いますけどね。

古井　なるほどと思った。言い当てられた気がしたね、あれは。

中原　でも読み手にしてみれば、どうでもいいことじゃないですか。そんな文句言わず仕事しろっていうことが大概の人たちの言い分だと思うんですけど。

古井　読者にも二通りあると考えたほうが公正でね。きちんと表現されたものじゃないといやだという人がある。でも、逆にそういうのはいやだっていう人もいるわけですよ。その後者の人は、小説なんてそんなに見事に表現できるわけがないし、そういうふうに表現できるようなことなら自分と縁がないと、そう思うわけね。両方の読み手を認めないと、公正にはならないな。

中原　そうですね……って僕が言っちゃうと、単なる甘えにしか聞こえないんですけど。

古井　いや、なかなかしたたかな弱音の吐き方じゃありませんか。

中原　したたかなんですかね。

古井　強い、非常に強い弱音の吐き方ね。

中原　すいませんほんとに。恐縮です、ほんとそういうことを言われてしまうと。そうか、僕も四〇過ぎれば、もうちょっと楽になりますかね？

古井　楽というより、苦しめるようになるって言ったほうがいいかな。

中原　書くのが楽しくなるっていうんじゃないんですか？

古井　そういう境地に入りたいですな。楽しむというところまでは行かなくても、乱反射しないで苦しめるようになりたいね。苦しいときって、乱反射しちゃうでしょ。

中原　いつ頃が一番苦しかったですか？

古井　書く前はね、ほんというと、書くことなんてなんにもないんだ。まぁこれまでやってきたんだからなんとかなるだろうと思って書いてる。でも夢でね、いろいろ姑息なことを考えていると原稿が全部ペケになるんですよ。そういう時期があったのね。五〇の坂にかかる頃でしょうか。

中原　ペケっていうのは何者かが勝手に……。それは恐ろしい。

古井　で、最終的に、お前は今書くべきことはなにもないんだっていうような声がするんですよ。うなされて、いやでも目が覚めてね。台所行って水飲んで、ついでにウイスキーを飲んで。

中原　テレビはご覧になりますか？

古井　めったに見ません。競馬と天気予報とニュースだけですね。

中原　僕は古井さんの小説を全部読んでいるわけではないんですが、テレビが出てきたりした描写ってあります？

古井　ない。まったくない。だから僕の小説はちょっとリアリティから外れてるわけですよ。まあ、登場人物が病院に寝てて、よそからテレビの声が入ってくるっていうのはあったかな。

中原　テレビを小説に出さないというのは、やっぱり意図的なんですか？

古井　テレビを出したら僕の表現空間が崩れちゃうのかな、わからないけどね。

中原　当然、携帯電話も古井さんの小説には出てこない。なんていうのかな、作品を読んでいて、なにか決まりはあるかのように思えるけど、ないようにも思えます。

古井　決まりはないですよ。そんな不自由なことはしないし。そういえば、この前、ふと思ったのね。夏目漱石の小説のなかでラジオの声が聞こえてる場面があったかなって。で、年表見たらNHKの愛宕山の放送局が開局したのは漱石が亡くなってからなんだよね。そうすると漱石の空間っていうのは、俺たちの空間とまったく違うんだ。たとえば太宰の小説のなかにはテレビはない。だから、今の我々とずいぶん違う音声空間です。僕らはそれをつい忘れて漱石や太宰を読んでるわけですね。ほんとに昔の人の小説って、よく考えれば空間が違うんですよ。町が変わってるとか住まいが変わっているっていうことより、音声の違いってでかいからね。だからいくら真似しようとしても、昔の文章の真似はできない。耳が違う。で、僕も書いてるときに、テレビが出てこない空間を書くわけですよ。どういうわけでそうなのかわからないけど。

中原　まぁでも、古井さんの小説の中にテレビが突然出てきてもびっくりしちゃうかもしれません。

古井　どこでもない場所を書きたいのかな。それから、いつでもないときを。

中原　人前に出ることはお好きですか？　新宿の文壇バー「風花」では定期的に朗読会を開いていらっしゃいますが。

古井　いやいや、ほとんど朗読会だけですよ。

中原　でも、もともと学校で教えていらした。

古井　教えてましたけど、中年のときは咳き込む癖があったので、人前に出て話すのを長らく遠慮してたんです。

中原　なんで最近は咳き込まなくなったんですか？
古井　年をとったんでしょ。咳をする勢いもなくなったっていうやつ。
中原　でも、最近、ますます精力的じゃないですか？
古井　できるだけ狭い、単調な状況に身をおかないと、どういう不善を犯すかわからない、というような感覚は昔からあったんですよね。だから部屋も、どちらかというと物は少ない殺風景なところが好きなんですよね。
中原　蔵書はどうされてるんですか。本棚がちゃんとあって書斎があるんですよね？
古井　これは、しょうがないね。年をとると、いままで持っていたものがうっとうしくなることがある。特にうっとうしくなるのは本棚で、読んでない本が多いんですよ。それからろくに読んでない本も多い。なにか本に恨まれてるような感じでね。
中原　インターネットもなさらないんでしたら、資料とか大変じゃないですか？
古井　資料はほとんど使いませんよ。大雑把な年譜くらいで。競馬の記事を書くときは使いますけど、小説では使わない。まあ僕のは、調べて書く小説じゃないからね。
中原　新聞の切抜きとか、まじめに整理しないんですか？
古井　しません。したことない。
中原　書評とか出たらどうするんですか？
古井　ああ、書評が出るような新聞はとってませんので。

中原　最初の話に戻っちゃいますけど、『辻』は一般の読者にとって読みやすいものではないですよね。でも、というか、だからこそ読み応えがすごくある。どうですか、読者の声を聞くことはありますか？
古井　あまりありませんね。まぁ読みにくいなりに、そのニュアンスをさまざまに聞き分けてくれって願ってます。
中原　自分の小説が難しいと言われることって、どういうふうに感じてますか？
古井　僕はそういうふうにしか表現できないから。
中原　でも初期の『杳子』とか、今からするとそんなに難しいものでもないじゃないですか。
古井　あれだって難解だっていう評判だったんですよ。弁護してくれたのは、磯田光一ぐらい。これを難解とは何事かと言ったのは。
中原　じゃ、今だけのことじゃないんですね。いま、古井さんの最初の頃の作品は書店で買えないじゃないですか。
古井　そうね、文庫にちょっとあるくらいかな。
中原　それは意図的なものなんですか。昔のは読ませたくないとか、そういうのはあるんですか？
古井　まぁ本の販売のシステムがあってね、都心の本屋さんの書棚を地価に換算してごらんなさいな。十年前の作品を置くのはいいけど、売れたのが三年に一冊だけじゃ困るでしょ。
中原　いやいや、それにしたって、古井さんの小説は初期もすごい面白いものなので、もっともっうけど。

と広く読まれてしかるべきだと僕は思いますけれども。『杏子』だって、やっぱ恋愛小説のなかで、一番素晴らしいものだと僕は思いますけどね。まぁ、それは出版社の人に言うべきことなんでしょうけど。

古井　でもね、滅びるものは、さしあたって素直に滅ぼさせたほうがいいじゃないですか。

中原　いや、でも古井さん自体、全然滅んでないんですから、まだまだ長いですよ、絶対！　いや、医者じゃないからわからないですけど（笑）。

古井　長生きしてもぼけるし。ぼけなくても感覚が鈍麻するし。もうスタンバイですよ。

中原　いや年齢的にいえば、そうかもしれませんが、でも僕がいうのもおこがましいですけど、もうちょっと初期の作品が気軽に読めてほしいですけどね。講談社文芸文庫で自選短篇集『木犀の日』が出てるじゃないですか。あれを読んだんですけど、やっぱりどの時代もすごい。でも、ああいう形でしか俯瞰できない。それで満足ですか？

古井　仕方がないでしょ。

中原　仕方ないですかね。でも一度読んだら、みんな古本屋に走りたくなるぐらい、とんでもないものを書いてらしたんだと思って……なんて本当に失礼な言い方ですが。みんなそのことに怒りを感じないんですかね。それが、いちばん貧しいことなのに。そういうのを破壊したくて僕はがんばっているつもりなんですよ、僕なりに！　その結果はまったく悲劇ですけどね。

古井　作家はけったいなものを書きながら、作品を通して主張する。で、それに対応したことを経済的、社会的にやる人は必要ですね。
中原 でも、そんなことを言っているせいで、こんなに収入が少ないのかなと感じることはありますけどね。一番、貧しかった時期っていつ頃ですか？
古井 それはもう平均的にずっと貧しいですから。
中原 でも大学で教えていらしたときは。
古井 これは、一応お給料もらえるものね。まあ、僕が子どもの頃は皆がたいてい貧乏だったから、自分だけが貧乏してるっていうようなことは思わずにきた人間です。
中原 著作のなかで一番売れた本は何ですか？
古井 それは芥川賞をとった『杳子』。でも、それだけ。
中原 ずばり、何部くらい出たんですか？
古井 文庫もあわせると三〇万部くらい出たかな。
中原 うわっ、それはすごい、巨万の富じゃないですか。
古井 ところが私には利殖の才能がないわけ。こういうしがない商売だから、きちんと定期預金にしておいたら貨幣価値が下がっちゃったから、半分以下になっちゃった。
中原 異常に贅沢をしたっていう覚えはないですか？
古井 ないですよ。一番贅沢なのは暇でいることよ。
中原 暇は金がなくたってできるんじゃないですか（笑）。家とか買ったりしなかったんですか？

古井　それは、やっぱり人並みにね。

中原　それだって僕はできませんよ。まぁ芥川賞とってないですけど。僕がいきなり五億円ぐらいぽんと差し上げたら、どうすると思いますか？　持ってないですけど。

古井　これは悪魔のささやきだね（笑）。やっぱり崩れるんじゃない、あったら。どうなるんだろうねぇ。五億はちょっと多すぎます。

中原　自分で出版社を興こして、初期の本を再販するとか。

古井　なんだろうね。いま若い外国文学者っていうのは大変なんですよ。自分がもと外国文学出身だけに、そういうのを養う機関を作るとかね。あるいは外国人のために、日本語や日本文学を教える機関を作るとか、そういうことに使うでしょうね。

中原　競馬ですごい儲かったこともあるんじゃないですか？

古井　たいしたもんじゃないです。せいぜいね、五〇倍ぐらいですよ。二千円買ったのが五〇倍。なんで、それ以上の馬券がとれないんだろうって、長年考えた。よく考えたらそういう馬券は買ってない（笑）。

中原　何で競馬なんですかね？

古井　からかわれるのが面白いから。

中原　馬にですか？

古井　いやいや、偶然に。競馬を少しやって多少知識が増えると自分が賢いように思うわけね。レース前の確信がズバッと当たったりすると、あたかも預言師か神のような気分になるんですよ。
中原　それが楽しいんですかね。馬に思い入れがあるとか。
古井　からかわれてる自分のほうが面白い。競輪や競艇っていうのはギャンブルとしてもっともっと知識と緊張がいるものなんです。競馬なんて所詮は馬が走ってることだから。でも競輪とか競艇とか、人がやることに賭けるというのは大変なことだと思ったんですね。その人の心理状態まで読むらしいんですよ。これはちょっと深刻すぎると思って。
中原　ああ、なるほどなあ。僕も競馬やろうかな。まあ元手がないんですけど。
古井　小説でね、しょっちゅう言葉に背負い投げをくわされてるでしょう。どっかで偶然の手が働いてるような。ひとつの作品がよくできるかどうかって、多分、運なんですよね。
中原　運とか、そういうのに支配されてる感じなんですか？
古井　そうなんです。やっぱりどこか忌まわしい仕事なんだろうね。ここ二年くらいのことですけど、書く度に、書くということにたいする憎しみや苦しみに苛まれて、それはこたえますよ。
中原　古井さんの小説を読んでると、ある意味で忌まわしい感じさえして、ホラー小説だと思ったりするんですけどね。幽霊とか見えたりするんですか？
古井　見えちゃったらしょうがない。いようといまいとね。
中原　でも考えてみたら、古井さんの書いてらっしゃるのはそんな小説ばっかりじゃないですか。空恐ろしいものだって思って読んでますけど、そういうふうに読まれるのは、どうなんですか？

古井　どうだかなあ。僕はわりあいリアリズムなんでね。幻想的なことは、よく読んでみりゃそんなに書いてない。だけど、僕の感覚とか思考の回路にそういうのがあるんでしょ。変なところに入っていきそうな。

中原　短篇の中でいえば、「陽気な夜まわり」とかとんでもなく怖い。

古井　うん。でもあれも完全に現実の話なんですよ。

中原　でもあの小説さえ読まなければ、僕は学校の夜警とかをやってたかもしれないですよ。時給は割りといいし。でも、幽霊じゃなくても、よくわからない奴が放火しに来たりするんだと思うとそれも怖い。

古井　学校に恨みを持つ人は多いからね。何かするために忍び込んだんじゃなくて、ただなんとなくいるやつのほうが余計気味悪い。夜回りがでっかい声を出して陽気に歌いながら、歩く場面があるでしょ。酒にぐでんぐでんに酔っぱらって、大きな声で歌いながらカンテラふりまわしながら歩く。夜警っていうのは、そういうもんだっていうイメージがある。小説家も似たようなもんじゃない？　近所の住人には、あんまり信用しないでくれ、俺のことを、と叫んでいるようなもので(笑)。あまりに真に受けられても困るけど、何かを伝えたいんだな。

(このインタビューは二〇〇六年四月一日、ジュンク堂書店池袋本店にて行われた公開対談「書くことと、表現すること」を再編集したものです。)

Interview

21世紀のクラシック音楽体験とは？　vs.浅田彰

プレテクストとしての古典音楽

中原　前からクラシックには興味があったし、聴いてもいるんですが、最初にポピュラー・ミュージックや現代音楽から入ると、クラシックはわからないことが多いんです。そもそも作曲者が演奏に関与していないから、指揮者や演奏者を中心に語られるじゃないですか。そこで一体どれを本物だと思えばよいのか、本物の所在がわからない。

でも、解釈があることで作品が成立しているということは、ある意味、小説を読むことと同じなんじゃないか。そういう観点で、いろいろな方からお話をうかがいながら、クラシックについて考えていくというのは、今すごく重要なんじゃないか、と思ったんです。

浅田　よく考えてみたら、クラシック音楽というのは不思議なジャンルですよね。古典音楽という意味では近・現代音楽と対立する。しかし、「クラス（階級）」などと同根の意味では、質の高い規範として永く残るべき音楽をも指す。ジャズやロックなどのポピュラー・ミュージックが一過性の流行でどんどん変わっていくなか、シュトックハウゼンに至る現代音楽まで含めてクラシック音楽ということになる。

中原　そもそも、古楽じゃないと当時のものでないわけですよね。原理主義的に言っちゃえば。

浅田　一般的には、ハイドン、モーツァルト、ベートーヴェンらのウィーン古典派が西洋のクラシック音楽のコアとされ、その延長上にワーグナーやシェーンベルクがいて、さらに延長していくとシュトックハウゼンあたりまでいく、そういう「大きな物語」があるわけでしょう。

ただ、シュトックハウゼンは自分で納得のいくかたちで演奏していたし、われわれもそれを聴けたわけだけれど、古楽のみならずベートーヴェンにせよワーグナーにせよオリジナルな演奏がどうだったかはもうわからない。現代の演奏家によるベートーヴェンやワーグナーという形でしか、今は聴くことができないんですね。

ワーグナーの時代、オーケストラや劇場が巨大化し、観客数も増えたことで、演奏スタイルも変わってくる。とくに指揮者がカリスマ性を帯びるにつれ、エモーショナルでうねるような表現になっていった。フルトヴェングラーやカラヤンなんかが典型でしょう。しかし、ベートーヴェンの頃までは、せいぜい二、三十人でやっていた。楽器もピアノなんかはがちゃがちゃしたドライな音だった。で、あまりエモーショナルにならず、一種、機械的に演奏していた、と。その原型に戻ろうという「ピリオド楽器のオリジナル奏法による演奏」というのが、いわばカラヤン以降かなり流行っているんですね。だけど、誰も昔の演奏を聴いたことはないんだから、本当にそうだったかなんてわかんない（笑）。

中原　そうなんです。

浅田　ベートーヴェンは晩年耳が聴こえなくなり、ピアノ・ソナタでも、とくに「ハンマークラヴィーア」以降は、ある意味、ヴァーチュアルな音楽を作曲していた。当時の響きの浅いピアノ・フォルテでは出ないような音を夢想していたかもしれず、その意味では、現代のスタインウェイのグランド・ピアノが後からベートーヴェンの意図を別な形で表現したと言えなくもない。僕はそれが素晴らしい演奏だったら十分なので、ベートーヴェンの時代の響きにこだわっても仕方がないと思うんです。

小説がそうであるように、クラシックというのは、のちの創造的誤読を生みだすためのプレテクストだと思えばいいんじゃないか。真の古典文学はいくらでも創造的誤読ができる。その意味でいうと、別にベートーヴェンなんか好きじゃない、でもやっぱりその音楽は真の古典音楽だと認めざるをえない。

僕はピアノが好きなんだけど、昔のピアノ・フォルテによる演奏よりは、グレン・グールドがめちゃくちゃに速くチェンバロみたいにドライに弾いてみせた演奏の方が面白い（というのはむしろモーツァルトの演奏に顕著だけれど）。また逆に、ヴァレリー・アファナシエフやイーヴォ・ポゴレリッチみたいに、次の音が出る前に止まってしまうんじゃないかと観客を凍りつかせるような演奏も面白い。テンポだけでもそれほど創造的に変形できる。しかも、本当にすごいピアニストだと、それで説得力のある演奏をやり抜いちゃうわけですよ。古典音楽というのは、そういうプレテクストとなりうる音楽だと思います。
中原　なるほど（まあ、ピアノの演奏が極端に速いか遅いかって、実はあまり幅がないような気もしますけど）。
浅田　かつてはバッハからベートーヴェンをへてシェーンベルクからさらにシュトックハウゼンあたりに至る「大きな物語」が支配的だった、それを相対化し、「知られざる傍流」――たとえばシェーンベルクらの新ウィーン楽派に対しブゾーニなりコルンゴルトなりにスポット・ライトを当てようとする。レコードという複製技術の影響も大きく、カラヤンのような演奏が標準的なレコードになってグローバル化した、それをもう一度、古楽の側から再検討して相対化しようとする。いま流行っているのは、そういうリヴィジョニズム（歴史の見直し）でしょう。「クラシックおたく」が、やたらに珍しい曲を探してくる。とくに、いわゆる「精神的内容」より名技性を面白がったりする。読まずに言うと、『のだめカンタービレ』もそういうウンチク系なんじゃない？
中原　あ、僕も読んでないです（笑）。
浅田　ポストモダン・リヴィジョニズムが出てきたことは理解できる。でも、僕はそれに抵抗を感ずるところもあって……。
中原　それは、どういう風にですか？
浅田　知られざる人が発掘され、新しい曲が聴けるのは大歓迎ですよ。だけど、ベートーヴェンやシェーンベルクが残ったのは、マイルス・デイヴィスやジミ・ヘンドリクスが残っているのと同じで、やっぱり理由があるわけです。同時代に一瞬のひらめきを見せた異色の才能はいろいろいるだろう。しかし、そのことを取り立ててすごいと言うことで、大文字の存在を相対化できるかというと、そうはいかないんじゃないか。

中原　一九四〇年代から五〇年代で録音のクオリティが急に変わったことも、混乱をきたしているような気がします。

浅田　そもそも複製技術時代になってクラシック音楽も大衆化したわけでしょう。それ以前はブルジョワの家にピアノがあって、それで楽譜を弾くのが、一般的な音楽との接し方だった。アドルノがトーマス・マンにベートーヴェンを弾いて聴かせて解説する、とか。

中原　その頃は、演奏者が再生機だったんですね。

浅田　しかし、複製技術が介入することで、フルトヴェングラーのような「巨匠」の演奏が商品として流通していくことになるわけです。しかし、最初はSPレコードで、一曲に何枚も必要だったりした。それがLPになり、モノラル録音がステレオ録音になって、カラヤンに代表される隙のない演奏がいい録音で聴けるようになる。さらに一九八〇年代にCDが出てきて、カラヤン的な音楽の商品化が完成するわけです。

中原　なるほど。僕は復刻CDでしか聴けませんが、SPレコードのノイズの壁の先に音がある、あの感じはたまらないですね。

浅田　最近の音響派なんかになると、針音のノイズをわざと聴かせたりするけれど、当時あれほど邪魔だと思った針音が妙に魅力的だったりする。余談だけれど、戦時中は歌舞音曲が禁止されていた、それで尖らせた小指の爪をＳＰレコードの溝に当てて親指を耳につけて、骨伝導で曲を聴いたんだって。

中原 そうなんですか！（笑）

浅田 いや、本当。今度やってみて（笑）。竹針でも音がするくらいだから、爪を尖らせたら聴けるんじゃない？　それこそ、究極のリスニングかも。

中原 それ、ステレオでやりたいですね。右手と左手で（笑）。

カラヤン以前、以後

浅田 中原さんはやっぱり現代音楽から入ったんですか？

中原 幼い頃に、ＮＨＫラジオでやっていたクセナキスを聴いて、「あ、こういう音楽があるんだ」と知ったんです。だけど、それが、何のジャンルに入るかはわからなくて、中学の音楽の教科書にジョン・ケージが出てきたところで繋がった。でも、その頃は現代音楽のレコードは簡単に入手できなかったですね。

浅田 逆にその頃、バッハとかには全然興味なかったんですか？

中原 ビートルズと同じ感覚で、学校で聴かされたりするから、わざわざ自分で買ってまでして、すりよって聴くものじゃないという意識があったんですね。

浅田　一九五七年生まれの僕ですらそうだったな。六〇〜七〇年代にはカラヤンのベートーヴェンがクラシックのコーナーを圧倒していたけれど、当時の僕は断然サティなんかのほうが好きだった。つまり、弁証法的に進展する前向きな音楽ではなく、後の環境音楽にも繋がる、音がポコッポコッとあるだけの音楽がクールでいいと思っていた。当時はサティの録音なんてほとんどなかったけれど。

中原　あっても、統一ジャケットのシリーズで、買う気が失せる感じもありました。

浅田　楽譜も、「ジムノペディ」や「グノシエンヌ」なんて、見開きで一枚なのに、輸入楽譜だから一八〇〇円ぐらいした。それを頑張って集めた記憶がある――今ならネットから無料でいくらでもダウンロードできるのに。逆に、ベートーヴェンからワーグナーに至るドイツ系の熱い音楽には、あえて背を向けていたわけですよ。

中原　あ、そうなんですか。

浅田　でも、たまに聴かされると、すごい音楽だということは認めざるをえない。子どもの頃から、あんなものは嫌だと思いながらも、偉大な音楽だと無意識にわかっていたような気はします。その後、グールドやアファナシエフが、全然違う弾き方をしているのに出会い、あらためて感動して、そこから、昔のバックハウスなりヴェデルニコフなりの端正な演奏に戻っていったりもしたんですね。

中原　浅田さんの場合、入り方としてはどうだったんですか？　最初から意識的に買われていたりしたんでしょうか。

浅田　僕の祖父や父が、ＳＰのコレクションを持っていた。戦争中に空襲で家が焼けて一度は全部失ったものの、僕が生まれた頃は多少はＳＰやＬＰがあった。で、幼いとき、ドビュッシー晩年の「フルート、ヴィオラ、ハープのためのソナタ」（モイーズがフルートを吹いている古い録音）を両親が聴いていたとき、最初にビビッときたんです。くらくらするような異様な浮遊感があって……。

　その原点は後に尾を引いているかもしれませんね。六〇年代の熱気が嫌で、ベートーヴェンからワーグナーに至る音楽を拒否していたんだと思うけれど、僕はそもそも一定のリズムに乗って熱く盛り上がる音楽が嫌いだった。で、フワフワしたドビュッシー的世界から現代音楽、あるいはマイルス以降のジャズやグラム以降のロックをごたまぜに聴いていた記憶があります。

　しかし、六〇～七〇年代は、カラヤンやバーンスタインの来日公演をはじめ、クラシック音楽の盛り上がりがあった。それはけっこうライヴで聴きました。

中原　来日公演は結構まめに見てらしたんですか？

浅田　いや、そんなには。だけど、その頃は田舎でもやっているの。祖父と父は四国の松山で小さいクリニックをやっていたんだけれど、カラヤンとベルリン・フィルが松山でもやったんですよ。

中原　そうなんですか。戦後ですよね？

浅田　そう、六六年。カラヤンは奥道後の温泉ホテルに泊まったらしい（笑）。バイロイト音楽祭の初来日でも大阪公演だけですよ。大阪万博は、シュトックハウゼンとかクセナキスとかすごい連中が参加していたわけだし……。その頃にマレーネ・ディートリヒやマリア・カラスも来たんだけど、カラスは聴いておけばよかったな。日本公演で老醜をさらしたとされているものの、本人が日本の舞台に立っているだけですごい。シュヴァルツコップは何度か聴いたけれど、本当に素晴らしかったし……。

中原　今考えると、すごかったんですね。

浅田　クリーヴランド・オーケストラの来日公演では、ジョージ・セルにピエール・ブーレーズと二人もついて来た。いま考えてみれば、なんという贅沢！

最近は一極集中が進んで東京でしかやらないのも多いけれど、七〇年代までは、地方でもメジャーなものをライヴで聴くチャンスがあったということです。言ってみれば、マイルスやシュトックハウゼンのライヴを聴いたというのと同じで、やっぱりそういうものをライヴで聴いたというのは、事実として大きい。地方でもそれが可能な時期があったんです。いい意味で新聞社が啓蒙的にやっていたということもありますね。ベルリン・ドイツ・オペラを呼んで、ポピュラーな演目を三つやれば、もう一つはシェーンベルクの「モーゼとアロン」をやるとか。今では、バレンボイムのように向こう側から強く提案してこないかぎり、そういうことはできない。八〇年代以降、スポンサー企業や広告代理店が音楽界を牛耳るようになると、そこの無教養で小心な中堅幹部が安心できる、客の入りのいいものしかやらなくなる。

中原　いや、それは重要な話ですよ。

浅田　一般論として、悪い意味で、六〇～七〇年代にカラヤン的な標準化が進んだと言ったけれど、日本の田舎にすらカラヤンが公演に来ていたというのは、今になって振り返ると、得がたいことだったのかもしれませんね。

中原　ええ。そうとしか聞こえないです。そうだとして、今クラシックというのは一体どういうものだと考えればよいのか、わかりかねるところもあります。だって、現代音楽なんて、今、ほとんどなかったことになっている感じさえあるじゃないですか。

浅田　本当にそうですよね。ロブ＝グリエが死に、ジョイス、ベケットからヌーヴォー・ロマンに至る現代文学なんてなかったことになって、みんなで大衆受けする物語を語ろう、という感じになる。それと同じく、シェーンベルクから、このあいだ死んだ（二〇〇七年）シュトックハウゼンに至る現代音楽も、なかったことになっていて、後はポップスと融合したイージー・リスニングのようなものになるか、あるいはウンチク風に楽しむパズルになっちゃうか。嫌ですねえ。

中原　僕もその意識は強くあって、危機感を感じているわけです。

浅田　「真のクラシックはやっぱりすごい」なんて言いたくないけれど、僕自身が言わざるを得ない位置にいるのかもしれない。

中原　ええ。少なくとも、僕はまったくそういう立場じゃないところから無理やり参入してやってみようと。あと、皆そろそろ、もう「好きだからやってます」ではないことをやらなくちゃいけないんじゃないか、という思いもあって、このシリーズを始めてみることにしたんです。

ライヴは情報量が違う

浅田　さっき話した、ロシア人ピアニストのアファナシエフは、七二年にエリザベート・コンクールで優勝してデビューするんだけれど、実は小説なんかも書いていて……。

中原　小説はどんなものなんですか？

浅田　彼は中原さんと逆で、「俺は小説家なのに、あたらピアノが弾けてしまうから、演奏ばかり依頼されて、誰も小説を出版してくれない」という自己認識なんです（笑）。率直に言って、それは無理のないことではある。ものすごい絶望的な話ばっかりで、エイズになった男が迷路をさまようとか……。

中原　いい話だ（笑）。

浅田　それは旧ソ連末期の絶望を反映してもいる。彼はそれを否定して七四年に亡命するわけですよ。

　しかし、旧ソ連では、スターリン自身が、ショスタコーヴィチの次の曲はどうなるか気にしていたわけでしょう。だから、ショスタコーヴィチも、権力に抑圧されつつ、アイロニーに満ちた独特の音楽を遺せたとも言える。

　あるいは、ムラヴィンスキーのレニングラード・フィルとか、リヒテルのピアノとか、鉄壁の完成度を誇る演奏もあって、しかも、社会主義だから誰でも安く聴けたらしい。アファナシエフは体制を憎んでいたから、そういうものを一切拒否したらしいんだけれど、今振り返ってみると、当時のレヴェルはすごかった、と。

アファナシエフは、亡命後、やはりソ連出身のギドン・クレーメルと組む。来日公演は素晴らしくて、最初にアファナシエフの音が響いたとたん、聴衆が凍りついたわけですよ。クレーメルは旧ソ連の反体制作曲家のアルヴォ・ペルトやソフィア・グバイドゥーリナを紹介したりもしていて、アファナシエフもそれに近い立場だったんでしょう。しかし、商業主義の中で、クレーメルは、タンゴとか、映画音楽とか、そういうのもやらざるを得なくなるし、けっこう楽しんでやってしまう。アファナシエフにはそれが耐えられない。ソ連は地獄で、西欧は天国かと思っていたら、そこはカネがすべてを支配する煉獄だった、と。そこから振り返ってみると、あれほど憎んでいたソ連ではあるけれど、カネがなくても毎夜音楽を聴いて朝まで語り明かすような文化があった、それが大変な水準の文化だったことは認めざるを得ない、と。で、近年モスクワにも帰るようになって、「バック・トゥ・ザ・USSR」というアルバムを作ったりして（笑）。

中原　そうなんだ（笑）。

浅田　とにかく、当時は自由もなくカネもなかったけれど、音楽院にはショスタコーヴィチやリヒテルが出入りしていたし、ショスタコーヴィチの新作の初演について「プラウダ」に長い論説が出たりもした、食べ物も満足にないなか、夜を徹して知的な会話をしていた、と。

ところが今はどうか。ゲルギエフがマリインスキー劇場に君臨しているけれど、いわばカラヤンをさらに商業化したような感じでしょう。それも、ペテルブルグ閥のプーチンの文化的代表という感じで。

中原　なるほど。

浅田　それ以外はもう日本なんかと同じで、みんながアメリカのヒット・チャートをダウンロードするようになってしまった。そうすると、あれほど憎んでいた旧ソ連が、逆にある種のノスタルジーをもって輝いて見えてくる。しかし、あれがよかったとは口が裂けても言えない。そういう二重のアイロニーがあるんですね。

これはクラシック音楽に限った話ではない。文学だって、ブルガーコフにスターリンが電話をかけたりしていたわけでしょう？　いま、小説家のところにブッシュや福田が電話してくるなんてありえない（笑）。

中原　そうですね。いつ石原慎太郎から電話かかってくるのかなって待ってるんですけど（笑）。

浅田　まあ、旧ソ連は極端なケースだとしても、一般に第二次世界大戦後のある種の啓蒙主義のもと国家の保護も受けて文化が洗練されてきた、当時はそんなものクソ食らえと思っていたのが、実際にそれがなくなってすべてがグローバル市場経済にさらされると、文化も「マクドナルド化」しちゃうわけでしょう？　そうすると二重のアイロニーをもって「たかがクラシック、されどクラシック」と言いたくもなる。

現在は、インターネットで次々と音楽をダウンロードできて、珍しいものも見つかる、それは素晴らしい。ただ、本来ならライヴで聴きたい、そうでなくても――「ハイ・ファイ（高忠実度）」という言葉がありましたけど――高性能のオーディオ・システムで聴きたい、そういう音質への欲望がなくなってきた。ウォークマンから始まって、パソコンやiPodで音楽を聴くというのは、音楽を聴いているというより情報を確認している感じがしますよね。

中原 そうなんです。今、経験の価値がどんどん下がっている感じが怖いんですよね。情報としてここにあるってことだけで満足してしまう感じがすごく恐ろしくて。

浅田 クラシックに限らず、ジャズだってロックだって、ライヴは情報量がぜんぜん違うでしょう。それを、圧縮されたサンプル情報に触れるだけで、一応知ったことになるし、いつでもアクセスできるから安心だとかいうけれど、それって全然体験してないじゃん。こんなことを言うのはジジ臭くて嫌だけど、そういう情報に還元された文化はやっぱり貧しいと思うな。

八〇年代にCDができて、二万ヘルツ以上の高周波を切っちゃったあたりで、音質を追求してきた流れが反転し、いまや情報の量だけが追求されている感じがする。

中原 そうですね。とはいいながら、実をいうと、僕はライヴ録音の際、現場の音の再現性って、あまり興味ないんですよね。

浅田 それはないですね。でも、質へのこだわりはいろんなかたちであるでしょう？　ちなみに爆音ライヴとかいうのもなさっているし――僕は京都に住んでるので行ったことがないけれど。

中原 いやそんな、つまらないものですけど。

浅田　単純に、ものすごい大音量にさらされるだけで、違うんじゃないかな。僕は、シュトックハウゼンが死んだとき、彼には一種ワーグナーにも似た誇大妄想があって、そこに偉大と悲惨がある、というような追悼記事を書いたら、シュトックハウゼン・オタクの人たちから攻撃されて（笑）――いや、攻撃するのはいいけれど、そもそも僕は悪い意味だけで言っているんじゃないわけですよ。上演に七日かかるオペラのように、宇宙全体を包括するような音楽を作りたい、同時多発テロという悪魔の芸術作品を逆方向で凌駕するほどの素晴らしい芸術作品をつくりたい、そういう誇大妄想をいまだに持てるというのはすごいとも思うんです。例えば、オペラの一部で、ヘリコプター・カルテットっていうのがあるじゃないですか。四人の弦楽奏者が四台のヘリコプターに分乗して弾くという……。

中原　あれ嫌がらせで考えたものじゃないんですか（笑）。

浅田　アルディッティ・カルテットの演奏による録音がありますけど、アルディッティが「普通に演奏して、バックにヘリコプターの音をかぶせればいいんじゃないか」と言ったら、絶対ダメだ、と（笑）。空間的に分散している奏者たちがひとつの音楽を奏でる、そのことが重要だったんですね。

その録音を使ったダンスをびわ湖ホールで観たことがあって、振り付けは大したことがなかったけれど、大ホールで大音響で聴くだけでも、けっこうすごいですよ。琵琶湖の上から四台のヘリコプターが飛んできたらもっとすごいかもしれない――というと「地獄の黙示録」のワーグナーみたいになってしまうけれど。

中原　今思うと、大阪万博であんな人たちを呼んでやらせたというのも恐ろしいことですよね。

クラシックの普遍的な強力さ

浅田　ベートーヴェンの「運命」って、今さら真面目に弾けないし、聴けないじゃないですか。それこそ、フルトヴェングラーの録音がひとつあればいい、とか。

中原　「第九」も、大晦日だけでいい感じがしちゃいます。

浅田　だけど、文脈によってそれが生きてきたりもするんですね。バレンボイムとサイード（ちなみに彼の遺作でも現場の音楽評を集めた『Music at the Limits』の方が『晩年のスタイル』よりずっと面白い）が、ユダヤ人とアラブ人の若いミュージシャンを集め、ゲーテの世界文学の構想に倣って西東詩集オーケストラというのを作った。サイードが死んだ後も、バレンボイムが遺志を継いでやっています。最初はゲーテゆかりのワイマールで合宿し、練習の合間に近くのブーヘンヴァルトの収容所跡を見学したりもする。アンダルシアで合宿して、一四九二年以前はユダヤ教徒とキリスト教徒とイスラム教徒が葛藤を抱えながらも共存していた歴史を振り返ったりする。で、サイードの死後になるけれど、スペインのサパテロ政権が何と全員に外交官パスポートを発給してくれたので、ヨルダン川西岸地区のラマラまで行ってコンサートを決行する。占領下のパレスチナの町でユダヤ人とアラブ人（それにスペイン人も加えて）がともに「運命」を演奏した。これが感動的なんですよ。いわば遅れた歴史段階に閉じ込められているからとも言えるけれど、少なくとも彼らの演奏はわれわれにストレートに迫ってくる力を持っていた。ユダヤやアラブの民族音楽でもなければ現代音楽でもなく、ベートーヴェンの「人類解放の音楽」だからこそよかったんだと思います。

中原　なるほど。

浅田　ドキュメンタリー・ヴィデオを観ると、バレンボイムのスピーチもいいんですね。若者たちの勇気によって多くの困難を乗り超えてようやく実現できた素晴らしいコンサートではあるけれど、政治的には何も解決する力はない、単に、両民族がここでお互いに殺し合うのでなければ共存するほかない、互いの物語に耳を傾けるほかない、そのことを感じてもらえれば、それだけでいいんだ、と。コンサートのあと、燕尾服を着替える暇もなくジープに飛び乗り、警備の車列のサイレンとともに去っていく、その映像もリアルだし。

バレンボイムというのは、ピアニストとしては、同世代のポリーニやアルゲリッチに比べて、凡庸に見えていた。しかし、ポリーニが、あまりに研ぎ澄まされた完全主義ゆえに、「円熟した巨匠」になれずにいたり、アルゲリッチが、圧倒的な力をもっているにもかかわらず、一人で舞台に立つのがいやで室内楽にこだわったり、それぞれ中年以降に難しい局面に立たされているのに対し、バレンボイムはいわば凡庸なまま偉大になったんだと思うんです。

中原　それは演奏自体もいいんですか？

浅田　いや、技術的に研ぎ澄まされているというわけではない、それでもたっぷりした余裕のある演奏で、ちょっと昔の「巨匠」を思わせるんですね。

ベルリンの壁が崩壊した時に、バーンスタインの指揮するベートーヴェンの「第九」で「歓喜」を「自由」と言い換えて歌った、あれは、資本主義が勝ったという嫌味じゃなく、冷戦終結で東西分断を超えて人類が一つになるという、よかれ悪しかれナイーヴなバーンスタイン風の人類愛の表現でしょう。それはそれでアクチュアルではあった。でも、バレンボイムと今は亡きサイードの組織したユダヤ人とアラブ人のオーケストラが何とかパレスチナまで行って「運命」を演奏する、その方が圧倒的にアクチュアリティがある。

中原 クラシックには、その普遍的な強力さはあるんですよね。普遍的であるから否定できないし。クラシックの凝り固まった古典主義には抵抗を感じますけど、やっぱり否定しようのないものはありますよね。

秀才教育で天才は生まれない

中原 クラシックの歴史の延長線上に二〇世紀の現代音楽があると考えたときに、ブーレーズの存在って、やっぱり無視できないものがありますよね。

浅田 シェーンベルクの流れを汲んで、第二次世界大戦後、現代音楽がふたたび盛んになる。ダルムシュタットでブーレーズとノーノとシュトックハウゼンが三羽烏と言われた時代ですね。シェーンベルクの十二音技法を多次元化して、全面的セリー（音列）音楽と言われる数学的な音楽をつくる、と。しかし、あまりに複雑なので、聴いただけでは構造がわからない。そのあげくに、それぞれが別な方向に転回してゆく——ただ、空間性をもった音楽という点では共通していたかもしれません。

シュトックハウゼンはさっき言ったように全宇宙を包括するような音楽を目指した。ノーノは町の左翼哲学者みたいな感じで、工場でポリーニと慰問演奏をしたりしながら、沈黙すれすれの音が空間的に広がった群島の中で響きあうような音楽を目指し、沈黙のむこうに明滅する希望を見ながら死んでいった。この二人は確信犯で、現代音楽の栄光と悲惨、革命的な熱気とメランコリックな孤独をそれぞれ体現している感じがします。

それに対し、ブーレーズは大秀才ではあるけれど、逆にいうと、実は確信が持てない人だと思うんです。二十歳のときに書いた「ノタシオン」という十二曲のピアノ曲を、八十歳を超えた今なお巨大なオーケストラ曲に書き直していたりする（笑）。すべてワーク・イン・プログレスなんで、天才的確信というより秀才的努力をもっていまも昔の曲をいじりまわしている。それが作曲家としてのブーレーズのイメージです。知的な洗練の極にありながら、根はフランスの田舎の農夫が牛みたいに頑固に歩み続けている、そんな感じ。

中原　なるほどな。

浅田　しかし、そういうブーレーズが指揮者として世界的に成功を収め、フランス政府のバックアップを得て、ＩＲＣＡＭという研究所や音楽都市（シテ・ド・ラ・ミュジック）という施設、アンサンブル・アンテルコンタンポランのような演奏団体を設立して、自分の小型のような秀才を大量に輩出することになった。ＩＲＣＡＭ楽派は響きからしてみんな似たり寄ったりで、ブーレーズのおかげで音楽が進歩したかどうかは疑問ですけれど、少なくとも演奏水準がものすごく上がったのは確かです。とくに現代音楽――たとえば彼の「構造」でも、昔のイヴォンヌ・ロリオとブーレーズ自身の録音なんて大雑把にしか弾けていない感じだけれど、最近のエマール＆ボファールなんかだと相当クリアに弾けるようになった。しかし、偉大な秀才が、秀才の弟子たちとものすごく努力して、ある達成に至ったという感じなんですね。ある意味では、それこそ二〇世紀以降の典型と言うべきなのかもしれません。

中原　要するに、バッハからブーレーズまでの一本の線で音楽が進んでいるように感じるのは幻想なのかというのがあって。だけど、その一方で、ブーレーズ以降みたいなものが、もはや想像できないような気もしていて。

浅田　ブーレーズの創設したＩＲＣＡＭでは、自身の「レポン」のような作品のためにライヴ演奏をリアル・タイムで変換するための装置やプログラムを開発し、そこから作曲家やエンジニアが育っていった。しかし、似たようなプログラムでやるから、どうしても似たような音になってしまう。最近来日したサーリアホなんかでも同じです。もちろんそれぞれ優秀なんだけれど、もともと高が知れている感じはしますよね。

たまたま一昨日に山口情報芸術センターで池田亮司の展覧会とオープニング・コンサートがあっ

たんだけど、失礼ながら音楽的教養なんかない、むしろそんなものは拒否し、ブーレーズなんかは敵と見なして、ラップトップ・コンピュータだけで技術的可能性を徹底的に突き詰める、そういう人の音楽のほうがずっとスリリングだったりする。あるいは、中原さんも含めて、ライヴで音響の場をどんどん作っている人の方が、ダイレクトに迫ってきたりする。ブーレーズ自身はいいとして、ブーレーズ楽派の秀才作曲家や秀才演奏家がいくらいても仕方がないというか……。

中原　秀才教育から、天才は絶対生まれないってことですね。

浅田　むしろ全然関係ない文脈から突発的に生まれたものの方がいい。

中原　でも、どんどん生まれにくくなってきている感じはしますよね。それはもう確実に。

ロックの落ちこぼれ感覚

浅田　秀才の逆でいえば、ロックというのが新しかったのは、近・現代音楽では古いとされているドミソを平気で弾いて、PAを使ってドーッと鳴らしたら、ウッドストックのように皆で盛り上がれたというところ——その居直りだったと思うんです。教養もなければうまくもない、それがカッコいい、と。

ジャズはそうじゃなくて、チャーリー・パーカーの頃からマイルス・デイヴィスを経てオーネット・コールマンなんかに至るまで、おそろしい速度で進歩する。マイルスあたりでは、モーダルな手法が主になり、三度を重ねたドミソの和音なんか問題外、四度を重ねた和声でいくのがあたりまえ、というようになるでしょう。まさにモダン・ジャズですよ。それもバークリー音楽院あたりでメソッド&プラクティスとしてパターン化されてしまうわけですけれど。それに比べると、単純でもヘタでもいい、ＰＡででかい音にすればいいというロックというのは、ある意味で最初からポストモダンだったのかもしれない。

僕はＴ・レックスのライヴを聴いた世代なんだけれど、とにかくトニー・ヴィスコンティなんてまったくやる気がない（笑）、でも、やる気がなくて下手であることがカッコいいということは、よくわかった。それがパンクにつながっていったりもする。京都大学の西部講堂でラモーンズとかトーキング・ヘッズもやったんですね。天井も落ちそうなあんな場所で、ムチャクチャな音響で。でも、それがカッコよかったんです。バッハからブーレーズへという「大きな物語」や、それに則った教育システムからは完全にこぼれ落ちている、そこに新しさがあったのではないか。もちろんザッパみたいに教養のあるミュージシャンもいた。そもそも、ロックもやがて制度化され、教育もビジネスも確立されていく。しかし、あの落ちこぼれ感覚はいつまでも新しいんじゃないですかね。

中原　でも、ロックはもう落ちこぼれじゃないですからね。これがつらいところで、今は落ちこぼれたら、本当にこぼれていくしかない世の中じゃないですか。たぶん僕が最後じゃないですか？こうやって、落ちこぼれたけど、なんとかやっているというのは（笑）。

浅田　いや、いつになってもそういう人はいるはずだと思うけどなあ。

中原　結局、クラシック音楽そのものの話というより、常にポピュリズムという問題を孕んできてしまうんですよね。

浅田　ともかく、中原さんにとって、クラシック音楽は、教養や階級性の分厚い垢にくるまれていて遠いところにあったけれど、それらを排除し、ストレートに音楽体験として自らのものにできるか、好き嫌いは別として一度それと取り組んでおくべきじゃないか、いまそういう気分なんでしょうか。

中原　そうですね。あるいは、本当に根源的なものとして、信じられるかですね。

浅田　ごく単純に言って、「身体的にビビッと来るか」っていうことがあるでしょう。

中原　そうですね。

浅田　だから、ビビッと来ないで教科書の知識だけで言っていてもダメだし、ダウンロードして自分のiPodに情報が保存されているからといって安心してもダメなんですね。でも、ビビッと来るというだけでは、主観的な袋小路に過ぎない。そのときに、いろいろと読み替えられる可能性をもったプレテクストとしてのクラシックが、ある意味でどこから叩いても跳ね返ってくる強力なサンドバッグのようなものとしての役割を担い得るのかもしれませんね。

経験の価値はプライスレス

浅田　僕は幸運にもリヒテルやミケランジェリに間に合ったんですね。ミケランジェリの弾いたラヴェルの「夜のガスパール」は忘れられない。低音で雲みたいにモワモワッとするところがあって、ピアノなのに一音一音の粒が全くわからず、もう電子音響のようでした。そこから高音域に行くと、もう完璧にクリスタル・クリアになるんだけど。これはコンピュータでは絶対無理だし、録音でもわからない。だから、こうやって口で言うしかないんだけど、やっぱり、その経験はプライスレスなんですよ。

「夜のガスパール」では、ポゴレリッチもすごかった。彼がショパン・コンクールで最終予選に落ちたとき、審査員をしていたアルゲリッチが「だって彼は天才よ！」と言って、怒って帰ってしまった。彼は母親くらいの歳のピアノ教師と結婚していて、彼女の薫陶のせいもあるのか、非常に癖があるものの徹底してスタイリッシュな演奏をするんです。「夜のガスパール」も、モワモワッとすべきところまでがすべてクリスタル・クリアで、あのラプソディックな終曲「スカルボ」まで新古典主義的な玲瓏たる構造として弾いてしまう、それは邪道かもしれないけれど本当にすごかった。ああいうのはやっぱり経験しておく価値がある。

中原 それを感じられたら言うことないですよね。

浅田 以前、ポゴレリッチがリストのピアノ・ソナタを弾いたとき、高音の弦が一本切れたことがあった。でも、頑固なんで、直してから弾きなおしたりなんかしないんですよ。その音がどこで鳴るか、曲を知っていれば大体わかっているから、そこに近づいてくるとこっちが緊張して……。

中原 サスペンスですね（笑）。

浅田 その後、奥さんと死別したポゴレリッチは、頭を丸めた「入道」のような姿で現れる。しかも、テンポがどんどん遅くなっていって、ほとんど止まっちゃいそうなんだけど、その演奏には息もできない程の強度がある。体調のいいときでないと聴けないけれど（笑）、聴くとやっぱりすごい。そういうことも含めて、体験というのはやっぱり大切なんで、それこそが音楽の普遍的な豊かさの裏づけだと思うんです。情報としてダウンロードできない豊かさ。

中原　やっぱり、それですね。ウンチクとして、ありがたがるわけでもなく。今、それは何だろうってことですよね。

浅田　情報としては無価値でも、体験としてはプライスレスだということかな。

中原　ええ。でも、今、本当の意味でプライスレスなものなんて、ないじゃないですか、カード会社がああやって言っても、プライスレスのものは、どんどんなくなってきていますよ。

浅田　プライスレスというのはいい言葉で、値段がつかない、つまり、金銭的には無価値だけど、ものすごく貴重だ、ということだから。

中原　まさにそうですね。

（２００８・３・３）

Reportage
一斗缶4個の人生

今、デモの季節だ。

友達が「9・11新宿、原発やめろデモ」（2011年）で誤認逮捕された。スタート地点に予定されていた新宿アルタ前は、都の陰険な妨害工作により、「工事中」のフェンスが張られており、新宿中央公園が起点となった。参加者2200人、逮捕者12人。警官に小競り合いを仕掛けられて、ちょっと抵抗したら公務執行妨害などで逮捕されるような、ひどい状況だったらしい。どこまで姑息な手を使うのだろうか。

最近、歳をとったせいか、自分の人生に限りがあることに、否応なく直面する。ちょうど、安藤昇「男が死んで行く時に」の「まとめてアバヨを云わせてもらうぜ」という有名なセリフを聴きながら家を出てきたせいかもしれないが、昔、関係を持った女が死んだり、体調を崩していたり、もう洒落にならない。原発事故以降は、放射能汚染により死に近づく確率がほんのちょびっとでも増えたのは確実の、憂鬱で、物騒な世の中である。

最近、奥山英志レポーターの失踪が話題になっている。ワイドショーの顔だった人だ。3・11の後、一度、安否確認は取れたそうだが、その後、まったく連絡が取れない。部屋には洗濯物が干されており、預金通帳だけがないらしい。どうやら、八王子辺りで目撃されているようだが……。情報システムの発展により、人目をくらますのがどんどん難しくなっているはずだが、案外、消えるのは簡単なのか。市橋容疑者の逃避行の例もある。何かが壊れてゆく中で、デモをしたり、消えてみたり、極端に振れる人がどんどん出てくるのは自然な話という気がする。

最近、「人が消える」という現象について、新しい知見を付け加えてくれたのは、例の大阪「一斗缶バラバラ殺人事件」であろう。発覚当初は、「酒鬼薔薇」並みの黒さを秘めた猟奇事件と騒がれたが、藤森康孝容疑者（57）が死体遺棄を認めたことで、オカルト的な関心は一気に引いた。しかし、死体の入った一斗缶が置かれた現場が、いったいどうなっているのか、どうしても知りたい。好奇心が抑えられず、９月17日に出発してフランスとオランダでライブをする予定なのに、大阪までのこのこ出かけていった。

現地のレポートをする前に、事件の概要をざっと振り返っておく。８月14日朝７時半、大阪市天王寺区の東高津《ひがしこうづ》公園で、清掃ボランティア中の近所の男性が放置された一斗缶（18ℓ缶、縦横24㎝、高さ35㎝）の中に、人の足が入っているのを発見し、１１０番した。緑色のテープを剝がし、足首が見えた時点で「これは」と気づき、すぐ通報した。

第１の缶には、黒いビニール袋に包まれた頭部と右足首が２つ。同日午後、公園の西約１００ｍの路上に第２の一斗缶が発見されて、中には大腿骨と肩甲骨４つが入っていた。爆笑ものなのは、こちらの缶を読売新聞の記者が開けて、緑色のテープを横に捨ててしまって警察からお叱りを受けたことだ。ぜひ、顔を見てみたい、と何度も言ったのだが、同行の編集者に止められた。

続いて、3個目の一斗缶が、現場近くの粗大ゴミ置き場から回収されて、市が保管していたゴミの中から発見された。粗大ゴミ置き場は、第2の缶が置かれていた場所と道を隔てて向かい合った場所にあり、いつもテレビやら掃除機やら勝手に捨てられたゴミがあり、一斗缶ぐらいあっても、ほとんど目立たないという。

捜査の過程で、近所の路上にもう1つの一斗缶があったことが判明する。こちらの方は近所の人の通報で回収されており、すでに市が処分していた。公園なんかに捨てなければ、完全犯罪が成立していたのかもしれない。

犯人を捜す過程で、7月下旬、若い男女3人が乗ったワゴン車が一斗缶を置いているのを目撃した、という証言が出たりした。東高津公園が「大坂冬の陣」の古戦場で、人骨がどんどん出てくるパワースポット（?）という話も出た。

事件発覚から9日間で藤森容疑者が逮捕されたのは、とてつもなく杜撰な犯罪だったからだ。まず、缶のラベルに「重酒石酸コリン」という薬品名と、富山県の医薬品の原薬製造会社名が記されており、容疑者の元勤務先と容易に結びついたこと。06年5月に、四人家族のうち2人、被害者の妻・充代《あつよ》（当時47歳）と長男の庸了《のぶあき》（当時21歳）の家出人捜索願を府警に出しており、DNA鑑定で2人と一致したこと。

なにより、一斗缶はすべて住居のマンションの真ん前や、ホントに近所の公園に捨てられていたのだから、隠そうという意図があったとは思えない。単純すぎて、奇妙な事件という気がしてきた。

一斗缶が似合う公園

9月13日2時過ぎ、僕は大阪駅に辿り着いた。部屋の冷房が故障中でとんでもなく暑く、ほとんど寝られない。でも、17日から来月の3日まで向こうに滞在するとなると、けっこうお金が必要なので、ソッコーでお金になる仕事を集め、金策に走り回っていた。前の晩も、もちろん、ほとんど寝ていない。

取材のため、録音機材を用意してきたが、記録用のヴィデオ・カメラも欲しかった。大阪に着いて、最初に、天王寺のドン・キホーテに回り、安いカメラを調達することにした。レンタカーで走っていると、どうにも、道や建物の様子がしっくりこない。事件とは関係ないけれど、やっぱり、大阪が好きじゃない、とつくづく思った。また、日傘で自転車という交通法規違反のご婦人が定番らしい。

ドン・キホーテから、まず、捜査本部が置かれていた天王寺署に廻る。副署長さんに、「『新潮45』さんは、(記者クラブ) 加盟社ではないでしょう。府警に取材依頼を出していただけますか?」でちょん。しかし、警察の人とあまり長時間、話をしたくなかったので、正直、ほっとした。

ぽかぽか陽気なのも、困ったものだ。車に座っていると、すぐ、眠くなる。

東高津公園は、警察からごく近所にある。どうなっているのか、やはり、興味津々だ。駅の脇のラブホテル街を過ぎ、カメラをセットし、いよいよ到着。

なんだか拍子抜けした。子供たちが、フツーに遊んでいる。ぶつぶつ独り言を言っている人もいる。現場写真から、第1の缶が捨てられた場所を探すと、白いシャツを着たおっさんが、熱心に腹筋運動をしていた。同行の編集者が「このベンチの裏は例の一斗缶が捨てられていた場所ですよね」と質問したが、「何も知らないよ」とだけ答えて、腹筋を続けた。

ちょっと離れたベンチに、男2人、女1人の高校生がいた。「この公園、一斗缶が捨てられていたって、知っているでしょう」と言うと、女の子は「キャー」とか声を上げつつ、カレシとつないだ手は離さず、まったく動じない。「最初はチョー怖エエ、と思ったけど、捕まったし」と言う男の子が、藤森容疑者は知らない、とか、いろいろ教えてくれた。女の子は、突然、僕が手にしていたヴィデオ・カメラを奪い取り、しばらく男の子たちにレンズを向けたのがカワイかった。何がしたいのか、ほのぼのする瞬間だった。

「あの、白いバイクがあるところが藤森のマンション」と教わり、公園を離れた。100mも離れていなかったが、マンションを特定するのは、ちょっと手間取った。マンションの名前が、白いプラスチックの板のようなもので覆われていたからだ。事件直後には名前が出ていたのだから、野次馬対策で隠したのだろう。

公園とちがい、マンションには緊迫感が漂っていた。ベタベタ「関係者以外立ち入り禁止」の紙が貼ってあり、表札も半分くらいしか出ていない。オートロック方式で、入るのはほぼ不可能になっていた。坊主頭の男が、ずっと僕たちを監視している。

建物の前の、電柱の根元に萎れかかった白い花束が2つ置かれており、第2の一斗缶が捨てられていた場所だと判明した。線香も置いてあった。ほんとに、家の前であることに、改めて驚く。駐車場脇の、自動販売機と灰皿の隣に置かれていたのだから、しばらく紛れていても、不思議はない。粗大ゴミ置き場は、玄関を出てすぐの場所にあり、もう、たくさんのゴミが捨てられていた。

ふう。家の前では、さすがに不審者扱いされたが、基本はとんでもなく平和である。こうやって、バラバラ死体の存在は忘れられてゆくのか。キアロスタミの映画『そして人生はつづく』のように、地震で村は崩壊しても、子供たちはまた元気にサッカーをやっている、というような話である。

当たり前の日常がいかに脆いか

もう1度、公園のベンチに戻る。さっき腹筋をやっていたおっさんは、ゴルフクラブの素振りをやっていた。切れ味鋭い振りだった。公園は坂に面しており、下と上の2つに区切られていて、遊具は下の方に集中している。たくさんの子供たちは楽しげに遊んでおり、カメラとか持っている僕たちは母親たちにギロッと睨まれることもあるが、まあ、どうということも起きない。

一斗缶が捨てられていた上の方には、お地蔵さんの祠があった。手を合わせると、今度は、10人ほどの男女高校生が何やら打ち合わせをしていた。ベンチの前で、さっきと同じ質問を繰り返すと、「ええっ」という奇声は上がったけれど、クモの子を散らすように逃げる、という状況にはならない。

東高津公園は天王寺駅から東朋高等専修学校に至る通学路の途中にある。「私たち、公園の中を通らないから、缶は見たことがない。でも、先輩が、この辺すごい臭かったと言ってた」。でも、集団はまるで動く気配がない。なるほど。何となく、励まされた。

生まれてはじめて、近所回りというのをやってみる。タバコ屋のおばちゃんが、「町内会に入っていないから、藤森という人はぜんぜん知らない」と言いながら、ボランティア清掃団について教えてくれた。ご主人は第1発見者の次に一斗缶の中身を検分した2人のうちの1人らしい。町内会ではすでに、近所のお寺さんに頼んで、供養を済ませているという。

この辺では珍しく洗練された喫茶店があったので、入ってみると、美人ママと、知り合いらしき若奥様と赤ちゃんがいた。「駐車場の脇にあった缶は、灰皿の隣にあったし、風景に溶け込んでいて、蹴飛ばした人がいるらしいですよ」というママさんは、報道陣が藤森容疑者の次男を追いかけていたことを教えてくれた。このマンションに移る時は、同居していなかったとも。

事件について、もう1度、振り返ってみる。逮捕後、藤森容疑者は捜索願を出す前の2006年4月頃、自宅で殺害した妻と長男の死体を勤務先でバラバラにし、そのまま冷凍庫で保存した。一斗缶などを管理する課長だったから可能なことだ。

しかし、藤森容疑者が病気がちになり、会社を欠勤することが増え、2年前（2009年）に退職する。4個あった一斗缶は、タクシーで運んだ。その後の暮らしは生活保護で立てた。夫婦仲が良かったとか悪かったとか、さまざまな話が報道されているけれど、実際のところ、妻と長男を殺すほどの理由があったのかどうか、よくわからない。当たり前の日常がいかに脆いかを示すお手本のような事件である。

細部には、よくわからない点が多々ある。最大の謎は、犯行現場と目される自宅から10㎞ほど離れた会社まで、どうやって2つの死体を運んだのか。藤森容疑者は車を持っていない。大八車でも使ったのだろうか。

しかし、あの平和な公園を見てしまうと、「猟奇」という言葉が下らないものに思えてくる。ただ、薄っぺらな日常の先に、一斗缶で死体を捨てるという謎の出口があった。マンゾーニが自分の排泄物を缶詰に入れて当日の金相場と同じ値段で売った『芸術家の糞』を思い出すが、しかし、自分の生涯が一斗缶4個に納まってしまうとすれば、せせこましい話ではないか。

夕食の途中、友達が釈放されたという知らせが入る。みんな、警察署前に集合するらしい。心配事が1つ減って、ほっとした。

取材お断り！

2日目はまず、大阪府警に出かけた。広大な中庭があり、年末に「第九」でも合唱するのか、と思える整然としたひな壇に見える植え込みがあった。広報係は、例によって「話すことはない」と。

しかし、容疑者の前の住居の床から血痕が発見され、死体遺棄容疑とともに、殺人容疑で起訴される見込みだと教えてくれた。

続いて、藤森容疑者が勤めていた製薬会社に向かう。入口に、今日14日付で出た「ご協力のお願い」という黄色い紙がおいてあり、大阪府警捜査一課から「御指導」を受け、「本件に関しますお問い合わせにつきましては、御回答等を控えさせていただきたく存じます」と書かれていた。社内に入ってみても、頭を下げられるだけだった。

車で裏のバラバラ現場に回ると、ロープが張られており、さっきもらった取材お断りの文書がぶら下げられていた。鋭い視線で睨む社員がいたので、すぐ、Uターンするほかない。緊張して向かった割に収穫は少なく、どっと疲れが出た。

すべて手詰まりになり、ついに、転居前の犯行現場であるマンションに向かうことになった。悪い影響を受けることが確実なので、嫌で嫌で仕方なかったのだが、もう行く場所がない。実は、前日、場所を確認するために1度、前を通っているのだが、もう暗くなっているので、すぐ帰らせてもらった。長い坂の中ほどで、お墓の隣に建っており、周囲にはお寺ばかりの陰気な場所だ。

マンションの入り口には、例によって「取材お断り」の看板がいくつも立てられている。意を決して、階段を上ってゆく。生活臭はあまりしないが、住んでいる人はいる。同行の編集者が、片端から、ピンポンを押した。息を潜め、だれかが出てこないか身構えるけれど、1人も出てこない。疲れる。結局、この昼間にはだれもいないことが判明した。

緊張に耐えられず、帰ろうとしたが、唯一、ピンポンを押してない部屋があった。いうまでもなく、犯行現場である。勇気を奮って、もう1度戻り、ドアの前に立つ。すると、電気メーターの円盤が高速回転していることに気づいた。

絶対、中に人がいる！

編集者がピンポンを押すと、ドアが開いた。

「何も知らないんです」

一言でドアが閉められた。ちょっと離れて立っていた僕は、どんな人だか顔も見えなかったけれど、かなりの歳の老婆だったらしい。

つい数日前、現場検証があったのだから、事件について知らないはずがない。それでも住んでいるというのは恐ろしい。背筋が寒くなり、マンションを出た。

家というものが少なく、近所といっても人がいない。墓を隔てた一軒家のおばあさんがいろんなことを話してくれたが、「町内会に入っていないから知らない」し、12畳の部屋だという以外、さしたる情報はなかった。

やることがなく、写真撮影のため、また公園に戻った。「昨日に引き続き、大阪の一斗缶の似合う風景の公園に来ました！」「で、ついでにここにも行っとかんと！」「さすがに中は入れません。」という3つのツイートをアップしたら、ちょっとリツイートされた。

事件の傍をうろうろするというのは、とてつもなく疲れることだ。事件記者のみなさんは、どうやってストレスを解消しているのだろうか。僕の場合は単純で、まずレコード屋に行く。ミナミのアメリカ村の中古レコード屋「ＫＩＮＧ　ＫＯＮＧ」と「ＴＩＭＥ　ＢＯＭＢ」に行き、一散財してようやく、人心地がついた。
大阪のロックバンド「オシリペンペンズ」の石井モタコを呼び出し、「ｇａｎｊａ」で飲む。「ウルトラファッカーズ」の河合カズキさんや、女の子たちが集まってくれて、やっとアットホームな感じが出てきた。大阪で一斗缶事件が盛り上がっていないことがよくわかった。酒鬼薔薇事件の犯人が地元に帰ったら、すぐ、連絡網を回すという手はずになっているが、まだ、姿を見た人間はいないという話だった。

フランスに発つ日は、もう明後日である。あんまり好きじゃない大阪に残っている理由は、一斗缶だけではない。8月31日、渋谷のライブハウス「チェルシーホテル」にガソリンを撒き散らして放火未遂で逮捕された島野悟志容疑者（23）の家が、大阪郊外にあるからだ。島野容疑者は引きこもりで、6年前（２００５年）、東大阪市で4歳の男の子をハンマーで殴打し、重傷を負わせた過去があった。２年ほど少年院に入り、模範囚ですぐ出てきて、また、このような犯罪を起こした。「チェルシーホテル」のオーナーは、どうやら僕の知り合いで、1度、一緒にディズニーランドに遊びに行ったこともある。完全にとばっちりだが、当局から、ライブハウスがあるから犯罪が起きるという感じの圧力も受けているらしい。デモの弾圧と同じ理屈なのだろうが、ライブをやって生きている人間としては腹立たしい。

40人ほど集合した「ニコ道楽」というイベントに、容疑者がどのような悪意を持ったのかよくわからない。10日ほど前、「ちょっと出てくる」という感じで上京して、秋葉原で「アキバの男」加藤智大を偲んだ後、犯行に臨んだという。大量殺人の研究をしており、微罪だからいつか釈放されるだろうが、この男は放っておけば、たぶん、また何かやらかすのではないか。

島野容疑者の犯罪は反社会的であるが、いってみれば、行き場のない人間が１人でデモを起こしたようなものだ。１度、落ちこぼれてしまえばどこにも行き場がなくなる傾向が、どんどん強まっているこの世界。いったい、どんな場所で育って追い詰められていったのか、島野容疑者の家を見てみたかった。

一斗缶事件については、もうどうにもならなくなったので、友達のツテで地元記者から情報を収集した。藤森容疑者は二転三転しながら、「家に帰ったら、２人が倒れていた」と供述しているという。考えてみれば、もし自分が殺したとすると、バラバラにして会社に隠すとか、ややこしい手段を採るだろうか。もう少し、犯行がバレないような方法を用意するだろう。どうにも手の施しようのないまま、身近な一斗缶に隠す。それがそのまま、意図しないまま、生涯を象徴する作品になってしまった。「猟奇」的な想像力が入り込む余地のない、貧しい話である。

しかし、もともと犯罪に反社会的な物語を見出そうとする「ロマン」こそが、唾棄すべきものだろう。日常はいつも、身も蓋もないものである。歴史上、革命でも戦争でも、どうにもならない日常が覆された例はない。

出口のない郊外

記者さんからの情報で、藤森容疑者の妻が勤めていた会社がわかった。ともあれ、生前を知る人に会いたいと向かってみると、最初に道具を仕入れたドン・キホーテのご近所だった。また、ここに帰ってきたのか。事務の女の人に話をすると、「休み時間の3時頃ならば」と言われた。ちょっと時間が空くので、大阪郊外にある島野容疑者の家を訪れることにした。

高速に乗ると、寝屋川方面に向かうことが判明した。寝屋川といえば、1975年、タクシー運転手が客の置き忘れた鍵を使い、その客が引っ越した後に入居していた新婚夫婦を惨殺したことで覚えている地名である。自分の車に乗った客という縁すらない人を2人、金のために惨殺する人間が出てくるのは、どんな街なのか、ずっと知りたかった。実は、僕も昔は凶悪犯罪の研究に明け暮れていたのだ。犯罪を実行する気はまるでなかったが、高校の頃はほとんど引きこもっていたので、考える方向性が似てくるのかもしれない。大阪の郊外を訪れるのははじめてだ。右手に突然、「太陽の塔」が見えた。よく、うちの両親はここまで来て、万博見物などしたものだ。隣で運転している編集者も、万博で「月の石」とか見物した口らしい。このだだっ広いだけの空間に、あれほどの人が集まったとは、今となっては謎である。

島野容疑者の家は、家が立ち並んでいるだけで、周囲にコンビニすらない住宅街の中だった。もちろん飲み屋もなく、息抜きできる店などはない。道に面しているのも、イオンのショッピングモールばかり。住所を頼りに探し、なかなか見つからなかったが、7軒ほどの家が1本の狭い道に面するどん詰まりの一角にあった。つい最近まで人が住んでいた気配はあるものの、中にはだれもいないようで、自転車3台が、整然と並べられていた。

家の前に立つのは、実は、藤原新也の『東京漂流』の一柳展也の写真のパターンである。太陽が照りつけ、あの写真とほとんど同じ状況だけれど、妖気のようなものは感じなかった。しかし、似たような家ばかり隙間なく立ち並ぶ町並みは、出口のない感じで、とても息苦しかった。しばらく黙って家の前に立ち、まったく動きがないことを確かめて、天王寺に戻ることにした。

青山に生まれ育った人間が言うと嫌味にしか聞こえないが、こういう家と人ばかり集められた郊外に生まれると、どういう人生になっただろうか。ほとんど縁がなくてよかった、と心底思った。ついでに、近所の古本屋に寄ったが、目ぼしい本はまったくなかった。

3時の約束を目指し、天王寺のドン・キホーテに戻る。再び件《くだん》の勤め先を訪ねると、「社長が、話す必要がないと……」とほんとうに申し訳なさそうに取材拒否された。生前を知った人に会う伝手はもうないが、ともあれ、この土地を離れたい、という欲求で頭が一杯になった。

さあ、ヨーロッパだ。念のため、出発日を確認した方がいいと言われ、連絡してみた。なんと、出発が26日らしい。勘違いしていたのだろうか。向こうの滞在費が心配で、慌ててすぐ金になる仕事をこなしてみたのに……ぐったりした。何も予定のない10日間をどうすればいいのか。僕の身の上に起こるのは、どうやら、この程度のことらしい。

Reportage
廃墟が語りかけてくる

3・11からもうすぐ2年経つから、福島に行こうと誘われた。この間、自分の生活に追われるだけの日々で、被災地に足を運ぶことはできなかった。あの地震の時は、とある新宿の呑み屋の2階で暮らしていた。CDの山がすごい勢いで崩れ、棚に並んだ焼酎の瓶がみんな割れてしまい、酒の匂いがぷんぷんする中、火事は大丈夫かと外へ出たら、自動販売機の中身をがちゃん、がちゃんと音を立てながら淡々と交換している兄ちゃんがいた。大変なことが起こっており、だれもジュースなんか買わないと分かっていても、惰性で仕事を続けてしまうものだな、と思ったのをよく覚えている。

取材の目的は、まず、「避難指示解除準備区域」の中でただ1軒やっているという南相馬市小高区の「理容　カトウ」で髪を切ることだと言われていた。もっとも、半年以上前の新聞記事だけが頼りなので、今、営業しているかどうか分からないが、ともあれ、被災直後の状態がそのまま残っているという地帯に入ってみたかった。前日に降った雪が残る道を「浜通り」地区に向かい福島駅から車を走らせる。同行者は、前日に降った雪の影響がさほどでないことに安堵していたが、窓外は一面の雪景色である。ほとんど車もすれ違わない道をどんどん走り、飯舘村に入った。誰か人がいないか、探してみたけれど、人影はまったくない。このひっそりとした感じは、震災の直後の街の雰囲気とよく似ている。

村の中をぐるぐる走り、目に入ったのが「森林における除染等実証調査事業」の立て看板だった。近くに黒い「フレキシブルコンテナ袋」が数十個山積みになり、雪に埋もれている。これだけ土を取り除くのは大変だったはずだが、森の中に置いてみれば、ほんとうに心細いぐらいささやかな量である。村全体を除染するとなれば、どれだけ大量の「コンテナ袋」が必要になるのか、ほとんど冗談のようだ。ガイガーカウンターの数値も0・5μSv／hを示し、かなり高い。

ちなみに、われわれの車は標高825メートルある霊山の中を通ってきたが、高度400メートルほどを移動する放射能雲を宮城県側に移動させなかった立役者という話である。ちょっと風向きが変わっていたら、この村が救われている可能性はあったのだろうか。

ようやく県道12号線に出て、少し車とすれ違うようになり、一息つく。1軒だけ、自動車整備工場で人が熱心に作業をしていた。同行者に聞くと、何軒かの工場や事業所が営業しているのだというが、雪のせいか、ほとんど気配は感じられない。名物だった牛も、どこにもいない。そのかわり、どこへ行っても、パトカーや自治体のパトロール車に出くわす。

しばらく県道を進むと、猿が何匹か道を横断している。轢いてしまうとまずい、と車を止めて待っていたら、ちょっと離れたところの木にたくさん猿がいて、20匹ほどの群れと遭遇したことが分かった。人を見ると、猿はすぐ逃げてゆくが、車が3台ほど止まって、後ろ姿を見送っていた。中には赤ちゃんを育てている母猿もいる。飯舘村は、猿に乗っ取られつつあるのかもしれない。

「サクリファイス」の世界へ

12号線を下り、南相馬に向かう。海沿いに近づくにつれて人家が増え、南相馬の街には普通に人が歩いており、下校途中の高校生らしき制服姿の少年たちもいた。コンビニでは、応援に来たらしい、九州の警官に会った。線量も、東京都内と変わらない。私立松栄《しょうえい》高校の廃校の看板があったが、街に人がいるというだけで、ほっとするのが分かった。そのまま、福島第一原発事故の現場の方向に走り、相馬の野馬追の「雲雀ケ原祭場地」を過ぎて少し進むと、また、無人地帯が出現した。行政区域の違いで人が避難したり住んだりしているから仕方がないこととはいえ、道1本隔てて、すぐさま隣に、2年間野放しの街が出現するというのは、やっぱり、ぎょっとする。

南相馬市小高区が、警戒区域の指定解除をされて、避難指示解除準備区域となったのは去年（2012年）の4月のことだ。しかし、当時から何か変化があった様子はない。商店街は、シャッターが閉まっていたり、取り壊されていたり、地震直後のままだったり、まちまちだったが、除染作業は少しずつ進められているようで、ところどころに例の黒い袋が積まれている。数人の除染作業員がゆっくり動いている以外は、3・11当時の世界が、そのまま真空パックされていた。

家具屋のショウウインドーの中では、いくつものタンスや棚が将棋倒しになっている。もう1度、地震が来たら間違いなくぺしゃんこになってしまうような全壊状態の飲食店もあった。古びたテーブルや椅子、調理器具、お皿などがぶちまけられた上に土と埃が積もり、柱はすべて斜めに倒れ、いつ倒れてもおかしくない状態で微妙なバランスを保っている。「あぶないからはいってはいけません　環境省」というビニール製の警告幕があったが、入口には「おはいりください」と書かれた札が掛かっていた。今更ながら、地震の時、客はどうしていたのか、ちょっと心配になる壊れぶりだった。

ようやく辿り着いた「理容　カトウ」は営業していない。ただ、これだけ人通りがない上に雪が降っていると、定時にきちんと営業するのは無理だろう。とても残念だったが、髪はぼうぼうの、伸ばしっぱなしのままになってしまった。

商店街を抜け、海の方に向かう。県道１２０号線沿いの空き地に「政治家の家」という看板を掲げた小屋があった。趣旨が謎の建物だったが、ドアを開けてみると、入口にスリッパが揃えてあり、中には椅子と玩具が置いてあった。ベニア製で雨漏りしていたが、さほど古いものではない。たぶん、政治家たちはこの空間に来て反省しながら時を過ごせ、という意図だろうが、近所の人がヤケになって作ったものならば面白い、と思った。「28ＮＯＶ・２０１２　岡部昌生　この家で未来を思い考エル」というメッセージが記されていた。

福島から3時間ほど走り、ようやく小高区の海岸に着いた。２年前から、ほぼ手つかずの状態の荒涼たる海岸が目の前に広がった。この風景こそ、僕が見たかったものかもしれない。住民の方々には軽薄に聞こえたら申し訳ないけれど……手付かずで放置された被災地は、自然と融合して、他では見たことのない風景を作り上げていた。あえて誤解を恐れずに言えば、J・G・バラードの初期4部作『狂風世界』『沈んだ世界』『燃える世界』『結晶世界』の世界が現実に展開されている気がする。バラードが描くさまざまな廃墟は、日中戦争の戦火の中にある上海で見た原風景を、SFの形で表現したものだといえる。そこで表現された世界と似たような荒野が目の前にあることに驚いた。家は崩れたままで、ひしゃげた自動車や重機がまだあちこちに置かれていて、「調査済」という黄色いシールが貼られている。水に沈んだ瓦礫の型枠の周囲に牡蠣殻がびっしり重なっており、2年間の時の流れを感じることができる。

僕は、都市にいてもこのような荒野を幻視する癖がある。文明の原点は、完成されて活動している街並みではなく、廃墟にあるはずだ。あらゆる都市は緩やかに廃墟へ向かう途上にある。阪神大震災の後、神戸に行った時、建物がみんなあまりにピカピカ新しすぎ、かえって寒々しいと感じたことがある。廃墟は、あの手この手で覆い隠そうとしても、どうしても現れ、見えてしまうし、自然もまた繰り返しヒトにそれを見せようとする。

大きな白鷺やカモメの飛び交う寒い海岸を、泥に塗れて歩き回った。小高川の河口だから、ずいぶん水が出たのだろう。ところどころ沼地のようになっており、空気は湿って、軽く霞がかかっている。自分自身がタルコフスキーの映画「サクリファイス」の登場人物になったようだった。陽が落ちるのが早く、5時を過ぎるとすぐ暗くなる。真っ暗になると、もはや、映画の登場人物を気取っているどころではない真の闇が広がる。震災の傷跡が生々しく残っている小高川の河口地域は、特別な場所だった。

同じ道を通って帰るのだが、暗くなると雰囲気が変わる。電灯がほとんど点いていないせいもあるだろう。次の目標は、土湯温泉である。風評被害などの影響により、観光客が激減した温泉だと報じられてきた場所に泊ってみて、福島の現状を実感してみるつもりだった。

温泉地に入ると、まず、周囲に足場が組まれている壊れた建物や廃業した旅館が目立った。灯りも少なく、橋げたのこけしにぎょっとする。風評被害だけでなく、単純に地震で建物が壊れた影響が大きいように見えた。温泉街はかなり奥まで続いているものの、開いている旅館がどこか、みんな暗くてよく分からない。たった1軒だけある加藤屋商店で夜食を仕入れた。老主人は「とにかく、人が来ないからねえ」と繰り返す。

宿泊先の山水荘はさすがに明るく、荒川の渓流に面して自然に恵まれた場所にあった。お客さんもけっこうたくさんいて、賑わっている。疲れているはずなのだが、寝つけず、独りでビール2本空けて、酔ってしまった。暑すぎる調節不可の暖房を緩和するため窓を開け、PCでライトニン・ホプキンスを小さいボリュームで聴きながら、CNNのオバマの演説を聴いた。相変わらずいいこと言っているけれども、この人はどこまで本気でやるのだろうか。日本酒を持って、露天風呂に入った。被災地取材に来たのに申し訳ないのだが、いつもは寒過ぎる部屋で、ガタガタのソファに毛布一枚で寝ているので、ちょっと贅沢させてもらった。

土湯温泉の前向きさ

翌朝、まず、土湯温泉観光協会の橋本一樹さんに話を聞いた。土湯温泉のお客さんは、3・11以後激減し、名物のちぎりこんにゃくの1日の売り上げが半分に落ち込んだという。4つあった大収容の旅館のうち、富士屋旅館、観山荘という旅館が廃業し、向瀧《むかいたき》旅館も長期休業していたという状態で（昨年11月に営業再開）、震災前と比べて半分ぐらいの規模になってしまった。風評被害の影響というより、地震で建物が壊れて、直すメドが立たず廃業したという。その中で、2011年4月から8月末まで、主に浪江町の2次避難者を受け入れて、宿の経営が成り立っていた。国から1人につき1日5千円の補助が出たので、確実な現金収入が見込める。避難者受け入れが終わって、廃業した旅館も2軒あったという。

土湯はもともと、県内の湯治客と日帰り温泉ツアーがお客さんの中心の温泉場だった。宿泊客は戻りつつあるが、日帰りツアーの方は全滅状態で、企画が成立しない。その点で、放射線量はとても低いにもかかわらず、風評被害をこうむっている。今、温泉で自然に湧き上がる蒸気を利用するバイナリ発電で町のすべての電力をまかなうことにより、町おこしを目指している。また、この春、「日本一のこけし雛」を売り物に、伝統のこけし雛を見て歩くイベントを企画し、お客さんを呼び込もうとしている。

もう1人、宿泊した「山水荘」の渡邉いづみ専務に話を聞いた。岩山を切り開いて建て、耐震構造を考慮し改築を繰り返していたためか、3・11では、建物はほとんどダメージを受けず、3月14日までお客さんは安全に宿泊することができたという。教訓としては、安全のための投資が肝心ということで、危機管理のスペシャリストとして講演の依頼があるという。今、市の支援により景観を損なっている壊れた建物の修理を急ぎ、こけし博物館などのさまざまな用途に転用する計画が進んでいる。確かに、あの廃旅館がなくなれば印象はずいぶん違うだろう。最近は県内だけでなく、県外からも支援するために宿泊しようというお客さんが戻ってきており、復活の手応えを感じているという。女将さんのファンが全国から集まっているような気もする。

土湯で話を聞きながら、この地はたしかに寂れて、高齢者が多い限界集落に近づきつつあるとは知ったけれど、放射能に汚染された被災地のようにSF的に変容した空間とはまるで違い、人の手による前向きな試みがなされていることがよく分かった。ぜひ、復興した姿を見てみたいものである。

土湯を切り上げ、かつて僕を福島に呼んでくれた森彰一郎さんに久しぶりに再会する。森さんは、遠藤ミチロウ、和合亮一、大友良英の福島高校出身の3人を代表に、2011年8月15日に1万人以上の観客を集めた無料の野外フェスティバル「プロジェクトFUKUSHIMA!」を立ち上げた人である。今年も、森さんの安積高校の同窓生である古川日出男のワークショップを企画している。

森さんは、イベントを立ち上げることにより、さまざまな騒動に巻き込まれることになった。人を幅広く集めすぎて起こった内輪揉め、呼ばれなかった人からの苦情（出演者の人選は遠藤さんと大友さんに全権委任だった）などなど数限りないが、やはり、放射能の問題が一番大きかった。ななぜ、線量の多い福島で野外イベントを開催するのか、「人殺し」とまで非難されたこともあったらしい。

ご自身も、なぜ逃げないのか、たびたび問われ、今は戻っているが、奥さんも1度、ペットのうさぎを連れて実家の宮城に戻った。「もし、あなたが宮城県出身で、福島の人でなかったら、逃げようと言うでしょう」と責められた。

「プロジェクトFUKUSHIMA！」を立ち上げたから逃げないんだろう、と言われたり、郡山にいるご両親の問題とか、子供がいないこととか、いろいろあるけれども、結局「見届け人になりたいんですかね」というほかない、と。福島に住む人は、この地を去るか留まるか、常に問いかけられている。

被災地ならではの話をひとつ。震災直後、2千人の被災者が避難していた「ビッグパレットふくしま」に山本リンダさんが来て、まず歌ったのは「どうにもとまらない」。放射能漏れはどうにも止まらないでしょう、という話になり、次が「こまっちゃうナ」。あまりに状況にぴったりしすぎていて、みんな笑うしかなく、お年寄りたちにも大ウケだったらしい。

次の目的地は仙台である。福島との違いを自分の眼で見たかった。電車で移動中、「政治家の家」が開発好明という現代美術作家が作った「政治家限定の無料休憩所」というコンセプトの作品であり、朝日新聞の声欄にも取り上げられていると判明し、地元の人が建てたのではないことがちょっと残念だった。

仙台では、まず荒浜地区に足を運んだ。津波で180人ほどの死者が出て、遺体がたくさん打ち上げられた場所である。平野が続き、遮るものがないので、住宅街がすべて水に呑み込まれた。ところどころに家の土台だけが残っているものの、片付けはほとんど終わって更地になっており、周囲にはトラックが激しく行き交っている。ここまで整理されてしまうと、かつてこの土地がびっしりと住宅で埋まっていたことなど、想像できない。あの小高区とは違い、被災という現実を覆い隠しつつある状況だった。

荒浜では、そこここで黄色いハンカチが掲げられて、風にはためいている。看板には「暮らし、文化を守り育む再建のあり方を『荒浜住民の手に』。希望の黄色いハンカチ大作戦は仙台荒浜のふるさと再生を願う住民と再生を応援する志援者のとりくみであり、仙台荒浜を応援しながら日本全国のふるさと再生への気分を分かち合う希望のプロジェクトです。（中略）仙台市沿岸部は災害危険区域に指定され、今まさに『くらし』を失いかけています」とある。どうやら、この地に戻りたいという人の活動だろう。とはいえ、おおむねこの地に戻らない人の方が多いだろうから、話は平行線になる。現実に、黄色いハンカチ派は少なく、今は市によって高台への移転がほとんど議論もされないまま進められていることが分かった。「奥山恵美子仙台市長へ　我々はモウ我慢できない!!!」という立看板があるのは、そのせいだろう。

海岸近くには慰霊碑が建てられていた。木の枠で覆われて、ビニール袋に包まれた千羽鶴や玩具が雑然と供えられている。他の場所の災害の痕跡が薄まっている分だけ、濃厚に生々しい死の気配を漂わせていた。近くには「深沼海水浴場」が使用できないことが告知されている看板があるが、その上に、「希望の黄色いハンカチ大作戦」運動の人たちが自らの主張を書いた看板を立てかけていて、下に何が書かれているのか、よく分からなかった。映画「幸福の黄色いハンカチ」は、山田洋次監督が「シェーン」を元ネタとして使っていて、流れ者が主人公という設定なのを知っているのだろうか。

続いて、名取川の河口方面に向かう。この県道10号線が、地震直後に何度も繰り返し放映された、津波襲来の舞台だった。閖上《ゆりあげ》の日和山に登り、辺りを見渡し、かなり離れている仙台東部道路まで一面が水に浸されたのか、と想像してみたが、TVの映像が甦ってくるばかりだった。近くに地区の空撮写真が掲げられていたが、周囲の広大な更地と地震前の姿が、どうしても結びつかない。片付けられて、小高区のような生々しさが消えているからだろう。真の廃墟に直面し続けることは、人間にとってもっとも耐え難いことなのかもしれない。

美田園駅の近くにはたくさん仮設住宅が立ち並んでいる。白い、四角い家が立ち並んでいるが、明かりが点いている建物は少ない。どうも、人が住んでいるという感じは薄かった。近所にプレハブのホテルがあったのには驚いた。かつての商店街が仮営業している「閖上さいかい市場」に寄ってみたが、ほとんど客の姿はない。AKB48のメンバーがこの市場で歌っている写真などが飾られていたから、開設当時はとても賑わったはずだが、ずっと盛り上がり続けるのは難しいのだろう。仙台は、復興景気に沸いており、その中にある被災地にはもう、無事だった地域の空気がどんどん入り込んで、すでにとりあえずの近い未来の姿が見えており、福島の出口のなさとはまるで違う。

仙台では、この地で被災した佐伯一麦さんと再会した。今日、われわれが回った地区は、幽霊が出るので有名だそうだ。タクシーの運転手が、ドーンと音を立てて何かにぶつかり、事故か、と外に出ると誰もいない。慌てて警察に電話すると、「ああ」というだけ。亘理《わたり》や石巻など、出没する場所も特定されているらしい。確かに、真っ暗になれば、何が出てきても不思議ではない。

廃墟はいつでも現れる

最後の日は、いわき側から、車で入れる境界まで行くことにした。もうひとつ、僕としては、いつも地方に行く時と同じように、被災地の古本屋を取材したいという希望があった。あまり数はなかったが、ネット上で小名浜に「古本エルエル」という店があることを知り、東京に帰る日に向かうことにした。郡山はまた雪で、仙台とはまるで天気が違っていた。白一色の阿武隈山地を抜け、いわき市に入る。まず、福島第一原発事故収拾の補給基地だったJヴィレッジに向かった。同行者に聞くと、かつては戦場のような物々しい雰囲気だったというが、検問所のなくなっている今は、平常に戻っており、原発のお金でできたリゾート地は静まり返っていた。

そのまま、自由に出入りできる広野町に入る。道の両側に広がる田んぼには、また例の除染用の黒ビニール袋が積み上げられている。広野の発電所辺りの住宅地に入っても、除染作業員だけが働いている。原発から一番近い駅、広野駅から電車が発着する風景に遭遇できなかったのが残念だった。福島第一原発事故収束のために人がかなり活動しているこの町は、人影が少ないとはいえ、小高区のような荒涼は感じない。

検問所には何人もの警官が立ち、通行許可証を確認していた。われわれは当然、持っていないので、免許証を見せて、Uターンを指示された。免許証がなかなか出てこず、脇道に出して下さい、と言ったのだが、「後ろは来てませんし、ごゆっくりどうぞ」と1ミリでも警戒区域に入れないぞ、という構えだった。辺りの線量はまったく普通だったが、この先の浪江や双葉には、まだ生々しい被災の跡がほぼ手つかずのまま、残っているだろう。

「古本エルエル」は、「古本屋ツアー・イン・ジャパン」というHPの2011年8月27日の記述「福島・小名浜で青春で盛大に空振りす！」によると、2時に営業開始だという。店のHPも生きており、どういう本が並べられているのか、ちょっと楽しみだった。もはや被災地の気配も遠い田舎道をカーナビに導かれ、小名浜を目指す。該当の番地らしき場所に辿り着くと、空っぽの店が現れた。外観はネット上の写真通りで、店の名前や電話番号も記されているが、肝心の本は一冊もない。店の電話にかけてみると、店主の長瀬篤志さんが出て、「店はもう閉めました」という。話を聞いてみると、3・11の時は本格的な開店をしたばかりで、地震の揺れで何十万円もかけて揃えたスチール本棚がすべて倒れてしまったのだという。10万冊の蔵書が床に飛び出し、店内はめちゃくちゃ。もともと、奥さんが1人で細々とやっていた店を、亡くなられたのを機に大きくしようと考えたそうで、本を片付けるのも1人だったから、自宅の倉庫まで運び直すのについこの間までかかったという。地震の後の4月11日と12日にわりと大き目の余震があり、その時のダメージでどうにもならなくなったそうだ。店を引き払ったのは、家賃を払うのが難しくなったからで、HPを残しているのも、なんとか再開したいと模索しているからだという。空振りが続いたが、個人の被災者にとっては、2年という時間はあまりに短いことだけは分かった。

今夜は、東高円寺でDJの仕事がある。あの荒涼とした被災地から、東京での日常性に帰る自分はあまり現実感のない妙な存在に感じられた。もとより、部外者の僕が短い滞在をしただけで、棲家に帰れない人たちの直面する現実に思いを重ねることは不可能である。しかし、福島にまだ生々しい破壊の跡が残されていて、しかも、かなりの長い時間、このまま放置され続けてゆくだろうと知ったことは大きな収穫だった。

震災後、人々は「絆」とか「忘れない」という言葉を口にしたがる。しかし、そのような言葉によって、目の前にある廃墟から目を逸らしてはならないと思う。誰の前にも廃墟や戦場は突如出現する、という摂理を書こうとすればSFの形になってしまうことを表現したのが、バラードの小説世界ではないか。

Essay

五輪総合演出「秋元康」という悪夢

3月14日（2014年）から、署名サイトchange.org上で、渋谷区在住Gee Kawaiさんが提唱する《NO TO YASUSHI AKIMOTO》「秋元康氏の『五輪組織委員会理事』の起用を中止して下さい。」キャンペーンが展開された。僕も趣旨に賛同し、3月31日までに集まった署名が1万2434人。目標の15万人には届かなかったが、1万人を超えたのは、ちょっとだけ嬉しい。たとえ少数派であり、100万人署名が集まっても結果が変わらないとしても、《NO TO YASUSHI AKIMOTO》という声があることは記録に残さなければならない。このまま行けば、「東京五輪」総合演出は秋元康になってしまう。しかし、総合演出という立場は本来ならば組織委員会のメンバーが勝手に決めるのではなく、きちんと議論されなければならない事項だろう。

現実には、17日に秋元氏が「東京五輪」組織委員会のメンバーに加わることが発表されていた。ポピュリズムを絵に描いたような分かりやすい人選で、ほとんど冗談としか思えない。日本人は政府に舐められているのだろうか。去年の12月、ASEAN首脳を招いた晩餐会でAKB48とEXILEが踊り、「喜び組のようだ」と非難が集中した悪夢が再現されるのか、と思うと頭が痛い。福島第一はまだ壊れっぱなしなのに、というとまた決まり文句になってしまうが。

「東京五輪」が決まった直後、村上隆がキャラデザインに起用されるという噂が流れ、ネット上で激しくバッシングされていた。村上隆も微妙な存在であるのは確かだが、やはり日本の何かを代表する芸術家だと思う。しかし、いくら何でもAKBが日本代表では困らないか。《NO TO YASUSHI AKIMOTO》上のコメントでも「日本の恥」という反応が目立ったけれど、日本は世界的に「ロリコン」と目されている人物がオリンピックの開会式を仕切る国ということになってしまう。

長野オリンピックの時は浅利慶太が総合演出で、神田うのが踊るという一幕はあったものの、小澤征爾も頑張ったし、大恥はかかないで済んだ。あの国にはそれしかないロンドンのポール・マッカートニーやエルトン・ジョン、北京の蔡國強のど派手な花火、ソチのロシア・アヴァンギャルド史総まくりなどなど、最近はなかなかの見物が続いている。もし今、アメリカでオリンピックをやったら、ブルース・スプリングスティーンがベトナム戦争の帰還兵たちのために作った「Born in the U.S.A.」を歌うのかなあ、とか、ついあまり考えないことも考えてしまう。

ところで、6年後にAKB48は現役アイドルとして存在しているのだろうか。狭いとはいえ僕の周辺で、曲を聞いたり、話題になったりすることはないし、昔の歌謡曲のようにみんなが覚えている楽曲とはとても思えない。

「夢」と集金システム

とまあ、柄にもなくマジメぶったことを書いてしまっている理由は、もともと秋元康という存在にまったく関心がないからだ。唯一覚えているのは、昔、タモリのオールナイトニッポンで放送作家をやっていて、何かを忘れたとかでネチネチ苛められて、オンエア中に泣かされたことだけである。あれから30年以上の時間が流れて、「笑っていいとも！」は終わり、今や秋元康の天下である。

もちろん、嫌いならばＡＫＢに縁のない生活をすればいいだけのことだし、どんな手段を使って金儲けしても文句を言う筋合いはない。でも、国を代表するとなると、人それぞれという好き嫌いの領域では済まされる問題ではない。仮にジャニーズ事務所のメリー喜多川さんが選ばれたとしても、ここまで腹が立つことはなかっただろう。

最近、女の子がおばあちゃんになるまでずっとディズニーランドに通い続け、最後に「夢がかなう場所」というテロップが出るアニメＣＭを見るたびに絶望的な気持ちになる。人間が、ある集金システムの奴隷として生きるほかない、という宿命を見せられているとしか思えない。ただ、シンデレラ城での結婚式の人気を考えると、アニメのおばあちゃんのような生き方もあり得そうだし、ＣＭには「感動もの」という声が寄せられているらしい。びっくりである。

世の中に集金システムの種は尽きない。野望に充ちた女の子を使い、「握手会」やら「総選挙」やら、悪趣味としか形容のしようのない「喜び組」を組織した腕前は、たとえ海外で「児童ポルノ」と分類されているとしても、すばらしいのかもしれない。最近、偶然TVに出ているのを見たら、「敏腕」らしく含蓄のある発言をしていたから、サクセスするだけの理由もあるのだろう。しかし、あの集金システムが万人の羨望を集め、全体がAKB万歳に向かっている。あらゆる局面で、とにかくキラキラしたものを使って、後は頑張ればOK、という白痴的な歌が幅を利かす無責任な世界になったのはいつ頃からだろうか。昔は好《よ》かったとは言いたくないが、ド演歌から前衛まで揃っていた70年代音楽の多様さを思うと情けなくなる。演歌の哀愁を聴いて育つ方が、まだしも人生の糧になるのでは。

今回の決定といい、かねてからの「クール・ジャパン」周りの流れといい、日本は「国策」として文化の幼稚化の道を選択しているとしか思えない。知能指数が低くなる文化だけを与えていれば、台湾の学生たちのように反乱を起こさなくていいとか、陰謀めいた理由があるような気さえしてくる。安保闘争や全共闘に懲りて、ロリコン全開国家という選択肢を発見したのだろうか。

しかし、「幼稚化」政策を進めている割に、そのものズバリの児童ポルノの弾圧がどんどん厳しくなっているのも妙である。抑圧された欲望がソフトな代用品であるAKBに向かうのも自然だろう。日本は秋元康が儲かる仕組みにできているらしい。このまま進むと、世の中どうなってしまうのだろうか。

というわけで、代わりになる人がいるかどうか、ちょっと考えてみた。「世界のサカモト」坂本龍一は脱原発文化人だからダメか。野田秀樹ではオリンピック・スタジアムは広すぎるのでは。ビートたけしが引き受けることはないだろうが、年齢もちょっとひっかかる。サザンオールスターズにはぜひ歌ってもらいたいけど、総合演出はない。浅利慶太がやったならば蜷川幸雄もぜひ、と思うのだけれど、今回の委員は娘の実花だった。後は宮崎駿という名前ぐらいしか出てこないとすると、もともと人材難だったのか。

市川崑の「東京オリンピック」はすばらしい映画だが、今回予想されるお姉ちゃんたちのバカ騒ぎが何か意義のあるものを残せるはずもない。秋元康がよりのさばる「ビジネス・チャンス」になるぐらいなら、今からでも遅くない、「東京オリンピック２０２０」は即刻辞退すべきだ。

Essay

すき家、マルクス、ブラック企業

ブラック化する日本

ちょっと前まで、原稿を書くためによく泊まっていた出版社の近所には、夜中、腹が減ると「すき家」か「吉野家」しかなかった。結局、どっちがマシか、試すような食生活になってしまったのだが、まだ「すき家」の方がいい、という結論になった。「3種のチーズ牛丼」はほとんどジャンクフードだけれどけっこう美味しくて、よく食べた。そのうち、だんだん夜中に店員の姿がなくなり、営業をしなくなる。やがて、バイトが反乱しているらしい、と判明した。

ところが、ゼンショーの小川賢太郎社長は、もともとは全共闘の活動家でマルクス主義者だったという。笑える話だ。外食産業で売り上げ1位を達成し、絶頂期だった2010年9月21日の「日経ビジネス」のインタビューで明かしている。取材にはほとんど応じていないので、今となっては調子に乗って後悔しているだろうが、「全共闘、港湾労働、そして牛丼」というタイトルからしてすごい記事、ちょっと引っ張り出してみる。

1948年7月29日石川県生まれの小川社長は新宿高校から東大に入学。しかし、ちょうどベトナム戦争が激化している頃で、「米軍が毎日50万人の軍隊をアジアの国に送り込んでいた。日本の基地からも毎日B52爆撃機をガンガン飛ばして爆撃していた。つまり、資本主義が世界を席巻していたのです」と。そして、「世界の3分の2は貧困」「水俣病」「イタイイタイ病」などの矛盾があって、「やはり資本主義社会であるから矛盾がある」と考えて、「社会主義革命」を起こすべく東大全共闘に入り、港湾会社に入って「革命的」労働者を組織した。労働者に一目置かれるまで、死ぬ思いで働いて3年かかったという。すごい勢いだが、「底辺」に目をつけるところは学生時代から一貫しているようだ。

しかし、75年、ベトナム戦争が終結し、ベトナム政府の高官たちが逃げてゆく映像が流れた時、「これが社会主義の世界の頂点だ」と感じて転向し、「資本主義という船に乗って、世界から飢えと貧困をなくすんだ」と決意した。

なんだかんだあったようだが、とにかく中小企業診断士の資格を取り、78年に吉野家に入ってシステムを学び、倒産騒動の最中に経理担当者として銀行と戦った後、82年にゼンショーを設立。がんがんM&Aを繰り返して巨大化し、BSE問題でいち早く牛肉を米国産から豪州産に替えたことでチェーン店間の競争に勝ち、「すき家」狙いの夜中の強盗多発にもめげず、今日に至るというわけである。

「革命家」小川社長の目標は、フード業界で「ダントツの世界一の会社」となり「人類を飢えと貧困から解放する」ことである。「ゼンショー=全勝」で、「最初から民主主義的な会社というのは成長しない」と断言。もちろん、「東大全共闘の名においても、いつまでも専制君主でやっていくつもりはなかった」というが、細部に亘る徹底的なマニュアル化が基本。「人類の文明の歴史はスピードの歴史」という認識の下、ゼンショーグループ憲章では、「歩く時は1秒2歩以上」という規定があるくらいだから、最高に効率がいい会社に決まっている。

マルクス主義経済学では、各家庭にある台所を廃し、大きなセントラルキッチンを作れば女性の解放は進むという論理らしい。飢えた人向けの炊き出しは大きなセントラルキッチンで、という話と似たようなものだが、「すき家」は家族連れを狙って、メニューも充実させたことでほかのチェーンに勝利したのだから、女性も楽にしている。これで働く人にとっても天国ならば、資本主義とマルクス主義の理想的な合体になるのかもしれないけど、もちろん、ありえない……。

「すき家」が「ワタミ」と並びブラックバイトなのは常識である。「すき家」で取沙汰されているのは、レジ金の不足はクルー(バイト従業員)が自腹で穴埋めしている、残業は半強制的だが賃金が出ない、店により道具や食物の配置が違いすぎる、監視カメラでいつも録画されている、メニューが多すぎて覚えきれない、客にクルーが麦茶まで注がされる、等々だが、最大の問題はクルー1人で接客、調理、片づけ、会計などのすべてをこなす深夜のワンオペレーションである。

もともと、夜中に1人しかいないから強盗に狙われていたのだけれど、「すべての時間帯において、売り上げに対応する科学的なシフト、労働投入を組み立てています」というわけで批判は無視。もともとギリギリだったところに、仕込みに1時間かかるという「牛すき鍋定食」が「吉野家」の

「牛すき鍋膳」の大ヒットに対抗して投入されたわけで、見事に現場は崩壊した。食べ終わったまま片づけられてもいない大量の食器が店中に放置されている写真もネット上に出回っており、「すき家」のブラックぶりの拡散はとどまるところを知らない。最近、薬屋にも進出しようとしているらしいが、「ブラック薬局」ではシャレにならないだろう。

もっとも、僕は「吉野家」も含め、「牛すき鍋定食」は食べたことがない。あの、ちょっとしか肉が入っていない貧しい鍋がすき焼きかと思うと、悲しくなってくるからだ。昔、新橋に500円のすき焼き定食を出す店があって、まあ「すき家」や「吉野家」で出しているのと同じようなものだが、生卵が別売りだから結局高くつくというシロモノだった。もともと、新橋の店が安さを演出して客を騙していたようなメニューを大々的に売り出して儲けようとすることが、どこか間違っている気がする。

ちなみに、「吉野家」は最近、すごいまずくなった。定番の味のようだが、実は美味くなったり、まずくなったり安定しない。店員も多いし、券売機の導入をしないとか、マジメにやっている印象があるのだが、それ故に肉の質が変動するのだろうか。ブラックを避けると、そうなるのだろうか。もうなくなってしまったが、新橋にあった「牛めしげんき」はまずかったけれど、いつも同じまずさなのを確かめるのが楽しくて時たま足を運んだものだ。でも、チェーン店はそんな調子ではやってゆけない。デフレ商売の過当競争は人をうんざりさせる。

日本ではもはや24時間営業が当たり前である。思い返してみると、昔の青山はけっこう夜中にやっている店が多かった。呑み屋やレストランもそうだったし、「青山ユアーズ」があった。青山通り沿いで、スターのサインや手形入りの石膏板が飾ってあり、輸入食品が並んでいる芸能人御用達の高級スーパーで、日本最初の24時間営業スーパーだったが、82年になくなった。代官山にあったすかいらーくも24時間営業で、これがすごくウケて、僕もよく溜まっていたけど、なくなってしまった。でも、どこかのんびりしていて、今時の24時間営業とは雰囲気が違っていた。

なし崩し的に閉められず、いつ掃除しているんだよ！　という呑み屋もよくあるのだけれど、セブン-イレブンの24時間営業とどこが違うのだろうか。でも、周りとの競争で止められないのと、客がいるから店を閉められない、という事情は、規模の違いがあるだけで、似たようなものかもしれない。

コンビニは元の酒屋のオーナーが命がけで働いていて、外部の働き手はリストラされたサラリーマンとかだから、当然、ブラックである。そして、ファストフードのチェーン店には、働かなくてはならないオーナーがいないのだから、よりブラックな世界になるのは当然だ。夜中に出歩いたら、どこへ行ってもブラックな人たちに会うわけだ。仕事のない自分とどっちがいいか、比べても意味がないが、とんでもなく狂った国になっている。

「パワーアップ工事中」！

「すき家」のゼンショーは、最近、ネット上の組合活動のようなものに苦しめられている。２ちゃんねるにはクルー専用のスレが乱立し、すき間だらけの勤務シフト表や「パワーアップ工事中」の店、深夜ワンオペの店員がイヤホンをして寝る写真などが続々とアップされて、実態がダダ漏れになっている。最近の流行りは、「すき家」は「空き家」。

5月29日（2014年）、噂されていた『すき家』ストライキ」は結局起きなかったが、これだけブラックだと喧伝されれば、人は集まらないだろう。各地で「残業代を払え」という訴訟を抱えているゼンショーは、「クルーはシフト表を自分の手で作り、会社の指示に従わない。請負契約のような業務委託契約の下で働いているから、雇用契約ではない」と主張し、公式に残業代を認めるのを拒否しており、労使の争いはドロ沼化している。

5月15日付の朝日新聞で小川社長が「日本人はだんだん3K（きつい、きたない、危険）の仕事をやりたがらなくなっている」という発言をしたとして炎上したり、14年3月期の決算で11億円しか利益が出なかったのだから、今後、経営は大変だ。今、職場環境の改善に向けて、地域分社化と第三者委員会の設置を中心とする取り組みを行い、「『すき家』ストライキ」が起こらなかったのも、各店舗での懐柔策が功を奏したから、と言われている。「すき家」以外で働く場所もないバイトや、他に食べに行くところもない人々が確かに存在しているのも、「革命」の成果なのか。

僕が経験した一番ブラックなバイトは、埼玉の蕨市の方で、街の外れの貧相な家を巡って、「誰に投票しましたか？」と聞いて歩く仕事だった。でも、昼間に回っても全然人がいないから、どうにもならない。聞けた人数があまりに少ないから怒られて「日当はない」と言われたが、「どうせ犯罪バイトなんでしょう」と脅して、ちょっと額を増やしてもらった。

　だだっ広い倉庫で、ただ注文票に合わせて商品を取ってくるだけ、という仕事もやったけれど、夏はとにかく暑くて、狂い出す奴がいた。脱走は日常茶飯事であるが、そういう仕事はみんな割がいいから我慢していた。世の中は変わらないと言えばそれだけのことだし、僕は「すき家」でバイトをする気はない。

Reportage
ショッピングモール空間探検記

ずっと都内に住んでいるので、ショッピングモールというものに、縁がない生活をしている。それが不幸なのか幸福なのか、不幸にもいまいちよくわからないが、郊外に住むものは、それなりにモールのある生活を謳歌していると、巷ではよく聞く。物心ついた時分から都心に住んでいようとも、安定した収入もなく、まともな暮らしを送っているとはいえない僕だが、郊外の人々の生活に並々ならぬ興味を、もともと持っていたのである。彼らがわざわざ都会に出てあれこれ買わなくとも、近隣のモールに行けば遥かに安価で様々な物が揃って、充実した人生を過ごせているのか否かについての関心があった。

成功者の都合の外にあれば、すべて自己責任で転落……僕のように貧しい人生の敗者が住むには、もう都会は厳し過ぎる。近所にはファミレスは何故かなく、マックがあっても電源の取り合い（図書館もない）……居間にしか居場所のない、僕が寝床にしている実家にはネット環境がない……今後、われわれのような人間の生き辛さは、ますます深刻になるだろう。機会を見つけて、どこか別の、生活費の（比較的）かからぬ土地に移ることを、視野に入れなければなるまい。

現在のイオンチェーンのようなショッピングモールは、船橋のららぽーとに昔行ったことがあるので、想像がつく。それ以前には、小学生の頃にジョージ・A・ロメロ監督のアクションホラーの名作『ゾンビ』(生き延びた人々がモールに籠城する)を公開当時に見ているせいもあり、アメリカに住んでいなくても、なんとなくそういった施設のことを知ってはいた。さらに作品の中での、モール＝消費社会の象徴という文明批評的解釈を、海外の翻訳された評論なんかで読んだのか(近年では『70年代アメリカ映画100』で大場正明氏が、さらに掘り下げたアプローチで書いている)、どこかグロテスクな印象を勝手に持っていた……何せ映画の中でのゾンビは、生前の習慣で、無意識にモールに集まってくるのだ。

「ゾンビがモールに集まる」感じ。それを実感した経験がある。

10年ほど前、珍しい自動販売機の取材で、茨城の国道沿いを車で訪ねた際、トイレ休憩を兼ねて、UFOキャッチャーとバーチャファイターのみが並ぶ広大なゲームセンターに寄った。そこはゲームの他に、ラーメンしか注文できない食堂だけという文化的に貧相な施設(ニンニク取り放題の「ニンニクの森」という、周囲の壁紙が森の上空写真のコーナーが印象に残った)であったのだが、特にゲームに興じることなく空虚な表情で施設内を徘徊するのみの人々に、僕は説明できない恐怖を感じたものであった。

ゾンビのような生き方しか用意されていない、郊外での生活に、自分にとって妥当な未来を見出せるのだろうか?

とはいえ、そういった人々(……単なる浮浪者のことではない)は都会でも見かけぬわけではない。深夜営業のファミレスやファストフードの店では、「ブッ殺す！」と絶叫するオバサンなど、特に珍しくはない。徹夜で原稿をノートパソコンで書くことの多い僕にしてみれば、そういうオバサンに限って、店内の限られた電源が使える席を、特に電力を必要としていないのに、陣取っていたりするので迷惑ではある。他にはマクドナルドで出会った、やたら厚着をした月光仮面のように、顔を布で覆ってサングラスをかけた、男女の判別もつかぬ異様な人物に、食事中ずっと睨みつけられたこともある。

そういった「各地で出会った不思議な人」の話題がしたいのではない。ショッピングモール＝高度消費社会の病窟みたいなイメージは、もはや陳腐なものでしかない、という論旨に結果的には持っていきたく、この原稿を書いているのだ。

ＩＫＥＡの家具から再出発

最初に訪れたのが、立川にあるＩＫＥＡだったのは、幸先がよかった。

北欧特有の優れたデザインセンスで統一された家具たちは、グローバリズムという言葉を思考の外へ追いやる優雅さを持っていた……街の家具屋にあるような、いわゆる所帯染みた感じを何よりも憎む僕に、新たな暮らしで再出発してみようという欲望が芽生えた。

ショールームと売り場を兼ねた店内を、ただ何も考えずに廻るだけで、何だか豊かな気分になった。充実した生活のためには、どれ一つ外せないという説得力があり、椅子もテーブルも照明も展示されているまま一括で購入しなければ意味がないと、ＩＫＥＡのコーディネーターは語っているようだ。

実際にこうした組み合わせで購入されるのを想定しての、大量生産によって、低価格が設定できるのであろう。

四人用の食卓と、人数分の椅子が信じられない値段で売られている。僕のようにＩＫＥＡを初めて訪れた人間でなければ、然程《さほど》驚異に値しないのであろうが、単にここまで大きな商品が、安価で売られているのを目撃した経験がない。

とにかく、デザインと価格に圧倒されたのだった。

もしかすればリサイクル店で買うよりも、安いかもしれない。しかもリサイクル店で売られているのは、従来の、平凡な、わざわざ買うまでもなくフリーマーケットやゴミ捨て場でゲットできるような貧乏臭い生活臭が染み付いたのばかり。

それに比べれば、ＩＫＥＡで売られているのは、見た目だけで豊かさを満喫できて、なおかつ安い家具だ。しかも、安いからといって、お粗末な品物であるようには、とても思えないのだ。

まあ、想像してみれば、いくらなんでもすべての生活用品がＩＫＥＡで統一された空間に、友人や恋人を呼ぶのは、いささか恥ずかしいかもしれない。全身ユニクロかＧＡＰだけで身を包み、どや顔で街を闊歩するような感じ？

だが、実際にはそんな贅沢は言っていられない身分だったが、日本で僕のような貧しい層に、いったいどれだけＩＫＥＡの家具というのは定着しているのであろうか？　それを知るような資料などの情報は手元にない。

そうこうしているうちに段々と「実は、何となくボンヤリとしたイメージではあるが、とりあえず何でもいいから、所帯染みていない生活を望んでいる」のであれば、もはやＩＫＥＡの家具で埋め尽くされた部屋でも構わない気分になってきた。人の家に来て、いちいち差し出された椅子や座布団が、どこで購入したものか気にする奴なんて、そもそも友人にはいないと思うし。

想像するに、最近の建て替えられる団地も、昔の画一的なイメージとは異なり、なかなかいい感じである。外観が冷たいコンクリートの灰色から、暖かみのあるクリーム色のものへと変わりつつある。そういった部屋にきっと合うような気がする……ただし、いままで一度も団地に住んだことはない、クジ運が悪いので住んでみたくても当選する気がしない。

ここを訪れる以前は、家具しか売っていないと思っていたが、実際にはあらゆる生活用品がある。照明は当然ながら、ノートパソコンを置くちょっとした台、花瓶から額、各種文房具・鞄など。まさか家具を買って帰ろうとは当初から考えていなかったが、幼児向けのサインペンやスケッチブックなどを買った。自分は文房具好きな人間なので、気がつくとそういったものを、いくら既に持っていようとも買ってしまうのだ。

なかなか乾かないサインペンや、最初から蛇腹になっていて絵が描きにくい色紙など、実際に使うには用途がよくわからないものも一部あるが、自分の子供の頃は、いま大人になって考えてみたら、あれは何だったのかという文具や玩具に満ちあふれていたように思う……それはすなわち海外から輸入されたものばかりに、囲まれて育った環境だったからだろう。海外雑貨は、いまでも専門の店はあるだろうが、昔の紀伊國屋やキデイランド、いまはないユアーズなどに親に連れられて、興味津々で商品を眺めていたのを思い出す。親が会計を済ませている間、海外雑誌やペーパーバックの扇情的な表紙を、飽きずにずっと眺めていた。普通の東急ストアやピーコックにも行ったけれど、好きなのはやはり輸入品がたくさん並べられているスーパーだった。

別段、都会に育ったことで、人より洗練された生活を幼少から送っていたなどと自慢したいわけではない（昔が嘘のように、いま老人になった両親くらい所帯染みたものにまみれた人間も、そうそういない）けれど、現在同じような感覚が、以前の贅沢な感覚とは違いながらもここにあるのは、言ってはなんだが、豊かな気がした。合理的＝所帯染みたものという時代は、ようやく終わりを告げたのだ、と思いたいのである。

物によって生かされる

全体的に充実した時間を過ごせたのは、やはり生活用品を扱う階だった。

もはや実際の生活に必要、不必要関係なく並べられた小物を観ているのは、先に語った事情で、楽しい気分にさせてくれる。どういう使い方をすればいいのかまるで不明な、サーカスをイメージした小さいテントを思わず買ってしまったが、すぐによく行くバーのバルコニー用にと、寄贈してしまった。

すぐに必要な物を買いに行くのは、そんなに楽しいことではない。寧ろ、自分の人生とまったく関係がなかった物との出会いによって、その物との必要性をわざわざ感じさせてもらいたいのだ。運動なんて普段しないけれど、スポーツ用品店に行ったせいで、無性になにかしたくなるとか……そういうフットワークの軽い（というか軽薄な）人間にぜひ、なりたい。

物によって生かされる。最初から「こんな本が読みたい」のではなくて、書店に行って、適当に手に取って、知らない内容の本を発見し、それに興味を持つのが自然だと思うのだが。でもネットで物を買う時代になって、そういった豊かさは失われたのかもしれない……本にもコンシェルジュがいて、自分が読みたい本をいろいろ決めてくれる、のも悪くはないのだろうけれど。でも、やっぱり寄り道せずに求める物にストレートに行き着くという便利さより、こうした郊外に建設可能な大型店にしかない余裕の方が心地よい。

ＩＫＥＡのレジ近くの頭上には、外国でも見たことないほど巨大なホットドッグの写真が掲げられていた。勿論、ＩＫＥＡ内のカフェの広告であり、芸術作品ではない。やはりコンビニで買うよりも、さらに安い値段だった。

それを見たときに、60年代に文明批評として成立したポップアートが、もはや無効とまでいうつもりはないが、現実が無意識に想像力を凌駕してしまったように思えた。特別悪い意味でも、もちろん良い意味でもない。

今回、立川という場所には初めて行った。周辺の国立や国分寺などには何度か行った記憶があるのだが、明らかにここ10年にすべてが新しい建物に変わったのだ、という印象。この違和感には、覚えがある。震災後、しばらくして訪ねた神戸の街並だ。すべてが健全で真新しい反面、地震で亡くなった方々の存在を、想像しないわけにはいかなかった。

以前の立川を知らないのではあるが、どれもこれも恐らく10年前とは違った光景であるのは想像できた。その比較的新しい建築物の狭間で、唯一昭和の匂いがするビルを発見し、その地下にあった店で取材後に食べた焼肉が、また懐かしい昭和の味がして、少々ホッとした。

いずれにせよ、ＩＫＥＡを訪れるのは面白い。問答無用に適度なデザインが施された商品が並べられ、それらをランダムに買い求めて自分の生活空間に置いてみた際、簡単になんだかいかにも洗練された雰囲気が確約されているようだからだ。

街の日用品店や百均ショップで買い揃えたのでは、いかなるセンスの持ち主でも（何らかのユーモラスな貧乏臭さを意図的に追求しようとしない限り）こうはならないだろう。寧ろ、ここで買ったものをいかにセンス悪く使うかという方が、高度なセンスを求められる。

ブランドショップの間の富士山

次に、御殿場プレミアム・アウトレットに足を運んでみた。

軒を連ねる世界中のブランドショップの間に、つねに富士山が顔を覗かせる、という想像を超えた不思議な光景が、ここにあった。これが見られただけでも来た甲斐があったというもの。いかにも日本的な風景の中の富士山は、言ってはなんだが銭湯の壁絵のそれのように、特に意識することはないが、海外ブランド店を次々とハシゴする合間にある富士山は、いかに我が国のシンボルが世界的に考えて特殊なものであるのかを認識させてくれた。エッフェル塔など、人工のモニュメントでなく、富士山は自然によって作られたという当たり前のことが、このような場所では、どうしても特別なものに感じられてしまう。

平日に訪れたのは、正解だった。それでも祭りをやっているのか、と思うくらい十分な人の賑わいであったため、これが休日であったなら地獄だっただろう。

とはいえ、こういった場をうろつくのに、いささかの戸惑いもなかったかといえば嘘になる。アウトレットというのに慣れていないから、当然のように何から何まで売っているように考えていたが、意外に出店していないブランドもあるのだということを認識するまでに、最も深部まで辿り着かないと判らない。Alexander McQueen、Anna Sui、Armani、Barneys New York、Brooks Brothers、Burberry、Bvlgari、Cecil Mcbee、Dior、Dolce&Gabbana などと適当にアルファベット順に並べてみると、あたかもすべて網羅されているように錯覚しがちだ。その中に Disney までもが入っているのを発見すると、もはや何でもアリの様相を呈する。ブランドはその標章が入っているだけで後光がさしているのか、と斜に構えた気にならないわけではない。

それにしてもいったい日本全国どれだけの人間が、未だ海外のブランドに魅力を感じているのだろうか？　縁もゆかりもない、見知らぬ国の人間が作ったものを買い求める人々……現在これだけ洋画や洋楽、海外文学が大衆から見向きもされなくなったのは、戦中以来だと個人的には考えているが、それにしても、この賑わいに人々を向かわせるものはいったいなんなのであろう。

そういった海外ブランドに求めるゴージャスさとは反対に、レストランスペースはリゾートというよりも、どこか学食みたいなファストフード的と呼ばざるを得ない感じがした。就職未経験で入ったことのない社員食堂は勿論、毎日親から貰える昼食代では学食で食えない、という個人的事情のせいと、バイキングというものが子供の頃ならともかく大人になってからは嫌い（だって大概マズいものばかりだから）という理由で、トレーで配膳されるのは、常に生徒と受刑者という偏見がある自分にしてみれば、いかなる美味なものが提供されても、それがトレーというものの上に載った以上、それは即、質の低いものという評価を与えてしまう。

といいながら昼食に平らげたのは、タイ風のチキンライス。上からかけられたタレが、いかにも配膳された安っぽいとろみで満足の行くものではなかった（幼少の頃は、こういうのは老人のよだれを原料にしている、という嘘をよくつかれたものだ）にせよ、さほど悪くはなかった。

だが、全体的に見て、やはりブランド品の醍醐味は「こんな布切れを幾らで買った」的な自虐であると認識しているので、値下げ品を求めて安い食い物を腹に入れてまで富士山の麓を練り歩く、というのはどうも楽しめない感じがしたのだ。金持ちでもないくせに、やっぱりブランド品と高い食事はセットでなければならない、と今回御殿場アウトレットを訪ねてみて、自分が考えていることとに驚いた。

コストコの鶏の丸焼き

最後にコストコ入間倉庫店に足を運んでみた。

ＩＫＥＡが店内の一部を、倉庫風に演出しているのとは違い、コストコは完全に倉庫をショッピングモールに仕立てている。一般人と業者の区別は、基本的にない。会員制で、年会費の４０００円（入店は会員一人と付き添い二人まで）を払わないと入店できない仕組みになっており、数家族の内の一人が会員になって、ご近所さんたちでここを訪れるというケースが多いようだ。

法人会員は３５００円と僅かに安く、自分の店の広告を店内に出せるようだが、実際にそういったものを目にしたわけではないので、よくわからなかった。ここで購入した食肉が、「プレミアム」とか名付けられて少々高く値付けされているのか、と思うと複雑な心境だ。（２０１５年時点の価格）

入店して、いきなりその雑多感に圧倒された。何となく最低限の分類だけで、いきなりＹＡＭＡＨＡの電子ピアノがあったかと思えば、その大きな棚の上にはドライヤーが置いてあったりする。電池やボールペンが、ご近所に配ってもまだ余るほど箱に入ってまとめて売られている。大人と同じくらいの大きなテディベアが、無造作に段ボール箱に入っている……その辺りの玩具セクションが、かなり意味不明だった。もっともインパクトがあったのは、チェーンソーやドリルやネイルガンなどの大工道具一式を模した子供用（勿論、海外製）のものだ。実際には切ったり穴を開けたりできず、実用的ではない。道路工事用のハンマードリルの玩具なら音だけでもダイナミックで、子供用であるから道に穴が開かなくともいいだろうが、それらは単なるしょぼいモーター音を発して、僅かな光を放つだけ。まあ、光線銃の似て非なる現実バージョンってことで、子供は納得するだろう……拷問ごっこにでも使うのだろうか。なんだかんだいって、僕も物珍しさから、何に使ったらいいのかよくわからない、そのセットを思わず買ってしまった。

その他にも、ほとんど人が住めるようなサイズの大きな物置が、設営された状態で、ドンと置かれていた。どう見ても日本製ではないだろう。

だが、一番の見物は、やはり食品セクションだ。

菓子などが信じられない量で、ひとつに大きくパッケージされ、街のスーパーでは見られない形で置かれている。独り暮らしではいつまで経っても消費できないのは勿論、いち人間の一生分ではないかと見紛うような巨大さである。テレビでよく見る「巨大なフライパンで作られるパエリア」だとか、絵本のぐりとぐらの作る巨大パンケーキとは違って、大きいものはあまり食欲をそそられないもの（新宿の西の市のミニカステラ屋が、デカいポリバケツに卵黄と牛乳をブチ込んでかき混ぜているのを見て吐きそうになった）である。大きな果物や野菜は、普通のサイズと違って、実の味が薄いとはよく聞く。そういうものに近い偏見を感じた。

一通り店内を廻って、僕はすっかり疲れてしまった。

食肉コーナーで、鶏の丸焼きを一羽買ってみようと思ったが、これを電車に乗って自宅に持って帰るのに、少しウンザリしてしまった。近所に住んでいて、車で帰るのなら問題はないけれど。

自宅の近所にはファミレスすらない……両親がうるさい自宅では、原稿に集中できず、いつも仕方なくマクドナルドで仕事している。

ファミレスやマクドナルドがあり、それらの店内ＷｉＦｉに不自由しない郊外の暮らしの中では、もしかすると原稿執筆も、いまよりもはかどるに違いない。だが、書く内容も、自ずと変化するだろう。

僕の住む都会では非日常に感じる、こうしたモールの光景を見て、そこで思考されたものを原稿にする、という任務を経て、それはそんなに悪いものではないかもしれないと、食品セクション全体を眺めることができる深々としたソファ（座るためではなく、売り物）に腰掛けながら、なんとなくボンヤリと感じたのだった。

Diary

戒厳令の昼のフランス・ツアー日誌

2020・3・4-3・17

残念ながら日本という国はもう終わっているし、このままどれだけ長く住んでいても、ただただ退屈な時間が無駄に過ぎてゆくだけであり、とにかく何よりもこの国を代表していると思い込んでいる人間たちの愚鈍さには我慢がならないのであった。勝手にこの国の人間だけでオリンピックでもしてればよろしい。それに愚鈍な人間たちが愚鈍なまま生きてるのは、べつに構わない。しかし、愚鈍であり続けるのが許せない我々は、こちらまでその巻き添えを食らうのは我慢ならない。愚鈍で退屈で、いい部分が何もない人々は、オリンピックでも日本人だけでやって、その虚栄の鈍い輝きの中、国と共にすべてが滅べばいいと正直に思う。安倍、菅、麻生といったクズの面に毎日お目にかかるのも、もううんざりだし、そのうんざり具合に国から賠償金をいただきたいくらいである。ああいう何にも偉くない、何もしないクズが生きてて、同じ空気を吸っているというだけで、こちらの生活にネガティブな支障が生じて吐き気がする。

理由なんて、どうでもいい。あんな連中の存在自体がただただ不愉快で息苦しい。そんなことしか毎日感じていない。息が苦しい。クズどもの横暴が不愉快である。

明らかに犯罪者が権力者として君臨する、愚かな国。ここで過ごす毎日など、およそ健康的とは言えず、何が何でも外の空気が吸いたい気分であった。

半年以上前から具体的にフランスでライブをする予定は立っていたし、当時レコード店を経営していた主催者のフランクとは10年前に会ったときからその話はあった。

その10年くらい前のフランス旅行は、東急が主催するドゥマゴ賞の副賞で行ったのだった。賞金のほか、滞在費諸々も付いており、その時期パリに移住する計画もあった。その頃、雑誌の連載もあったので、現在と比べればまだ余裕もあったのだが、さんざっぱら飲み食いして、欲しいＤＶＤや書籍をお土産に帰ってきたら連載は終了と通告され、パリへの移住も、その為の現地人を紹介してくれる計画も、現地の人（パリ大学の学長）の急死（さらにその紹介者の方も、間もなく死去）という不幸が続いて立ち消えとなった。

さすがに50年近く生きていると、新しい本や映画よりも同じものを繰り返し手にすることが増える。すべての国を訪問したわけでもないのに、新しく訪れる国もなく、再びフランスを訪れることになった。途中、過去に一度行ったスイスにも寄る予定に。

しかし50に近づくにしたがって、過剰に体力が落ちる日々。40超えたら人並みに検診に、とは何度も心の中で呟いていたが、気がつけば40代ももう終わろうとしている。今度の振り込みがあれば、とその時々考えはするのだが、やれパソコンが壊れただの何だので、そういった形にならないものの、今度の振り込みがあれば、に金を使う余裕などあるわけがない。

疲れ切って、時折目眩で立ち止まったりする年寄りにしてみれば、成田までの道のりは相当にきつい。さらに自分の場合、機材を運搬するので本当にきつい。世界、どこのイベント主催者も機材のことなんか考えてくれず、交通費はいつもギャラ込みだ。大概タクシーで機材運んで、ライブ終わって酒飲めば赤字。ライブの成果なんて気にしなきゃ――手ぶらというわけにもいかないから適当に数個の機材、あるいはパソコン一台（いま現在は壊れたので、パソコンなど持っていない……この原稿も安いワープロで）持って行って――30分程度を、何かやったフリでもしていれば済むのだろうが、ライブ前に機材が壊れたりだとか色々な不安があって、何でもかんでもと持って行けば、荷物の超過料金が空港のチェックイン前に請求される。それは1万円が基本で、帰りは3万請求されたこともある。我々のような貧乏旅行を余儀なくされる身分としては、直行便で行くなんてことはまずあり得ず、1、2度ぜんぜん関係ない国で乗り換えしなければならず、帰りも違う航空会社の便に乗らされるのも当たり前なので、前もってそれぞれの請求額は調べればわかるんだが。いつも航空会社の窓口で「こんなに欲張って持ってきて」だとか、帰りに「こんなに何も考えず土産買って帰って」とか、ババアのスチュワーデスに言われてキレそうになるのだが、今回は同居しているパートナーが同行しているので、分散されてまだ楽である。

階段を降りるしかない自宅から荷物を下ろすだけで一苦労。それだけですでに目眩がする。秤があるわけじゃないから、当てずっぽで機材を旅行ケース（個人的に所持していないので、友人から借りた）に適当に詰め、電車で成田へ向かう。

いつもと違って出発は夜なので、様子は違う。自分の体調のせいもあるが、国内にいるよりは体調がよくなるのは、何となくわかるのもあって、ハイになりたいという気分もあるけれど、何より疲れが半端ない。

確かに前日、いくつかギリギリまで粘って仕事を入れて、寝ていなかった。

最後の仕事はVIDEO VIOLENCE RELEASINGというヒロシくんという友人のやっているインディーズＤＶＤレーベルのロゴの曲で、前にやったやはり友人たちのHIGH BURN VIDEOという（最近は何もリリースしてないようだが）レーベルの曲もやらせていただいたので、それとは違ったものにしようというアイデアだけで、何も考えてない感じが明確に残った曲になってしまった。いや、そんな風に謝ると、何か手抜きしたかのように思われるのも何であるが。手抜きはしていないけど、どうだったんだろうか。

最近は海外に行っても、基本的に持って行って持って帰る手荷物がいっぱいすぎて、お土産は買って帰らない。それで、いくら海外でも所持金はほとんど携行しない、というのを決めていたのだが、前回３年前にベルリンに行った際も、呼んでくれたドイツ人から「着いたらギャラ振り込むから、ほとんどお金なんて持ってこなくていいよ」と言われて、いざ着いてみれば日本に帰国するまで口座からおろせなかったという悲惨な経験（さらに遅れて日本から来た友人がお金を貸してくれ……と思ったら、その人物が財布を掏《す》られ）があり……とはいえ普段からどう足掻こうが金にならない状況であるから、何が何でもギリギリまで金を作らねばならないのであった。実はその寸前にも、原稿料を前借りして短編を某出版社に入稿して、現金を手に入れたばかりであったが、それも今回のツアーの為に用意しなければならない機材の一部に化けてしまっていた。

2020年3月4日

夕方に自宅を出て新宿着いて、いつも通りリムジンバスで成田まで行く予定であったが、すでに運行は終わっていた。9時前にバスがない！これじゃあ、どうやって空港まで行くんだ！と一瞬焦ったが、何のことはないJRで向かえばいいだけの話。とはいえ割高ではあるものの、リムジンバスの楽さになれていると不安がある。確かに不安通り、荷物を担いで、エスカレーターやエレベーターが唐突になかったりする不条理（以前に比べて減ったとはいえ）にいちいちキレずに遠い空港までの道程を進まねばならない。

確かに「何でここで？」と突然、重い荷物を担いで階段を何度か降りたものの、リムジンバスで高速を通るより、JRを使う方がスムーズではあった。予定していた到着時間よりも、遥かに早く着いた。荷物を預けると、規定より数キロ重いだけで、サービスしてくれて超過料金は取られなかった。飛行機乗る前にと、回転寿司を食うことにした。

大した寿司ではなかったが、6千円もした。しかし、この時点では金が入ったばかりだったので、思わずつかってしまった。近くに座っていた女子二人組が、ひとことも口を利かずに食事しているのが気になった。日本人ではないのかなとも思ったが、会計のとき、日本語を口にしていた。いや、それでも日本人ではなかったかもしれない。

空港自体、どこか停滞気味の雰囲気があった。

いまこうして思い出してみれば、すでにその頃、日本国内でのコロナの影響はあったし、外から帰ってきてもさほど手とか洗わない自分でも、ここのところやたらと念入りに洗っていた記憶がある。ただ遅いフライトだったから回転寿司以外の店がやってなかっただけかと。いつも寄る、かけ汁のあるお茶漬け屋は営業していなかった。それがコロナの影響だったのか、いまだに定かではない。どこか緊急事態を含んだ不穏な雰囲気があったような。いや、ただ初めての遅い時間の空港だったから、いつもと違う感じがしただけのことだろう。

そういった興奮、というか、病で滅びゆく日本から脱出的な感覚で高揚していたのだと思う。その萎びた閉店間際の回転寿司の末世感というか、さらに普段は頼まないくたびれた唐揚げとか頼んで、濃いレモンサワーなどを飲み、朽ち果てていく国を脱する気分を満喫していたのも確かであった。

搭乗する飛行機は、トルコ航空の便。最初は中華系の飛行機であったのだが、さすがに中国寄って行くのに危険を感じて変更してもらった。しかし、帰りはやはり中華系の便になるらしく、不安は残る。

機内上映はバラエティに富んでいて、さらにほぼすべての作品に日本語字幕や吹き替えが付いていたように思う。しかし映画はタランティーノ『ワンスアポンアタイムインハリウッド』とマンゴールド『フォードVSフェラーリ』といった、それぞれ二度も劇場で既に観ている作品しか観なかった。まだ日本では未公開のバームバックの新作があったらしいが未見。このタイミングで読書でもしようと、何冊も本を持ってきていたのだが、結局何も手をつけず。ゲームも、生涯で一番苦手であるパックマンを、これを機に少しは上達しようかと思ったがやっぱりムリ。昔から、このゲームは苦手であり、当時からまったく上手くいかずにすぐに死ぬ。だから仕方なく音楽でも聴こうと思った。しかし、意外なことに、この航空会社の音楽のラインナップはやたら豪華であり、その中でも不思議なのはいわゆるオルタナティブロックが充実しているのには驚いた。35年ぶりくらいに久しぶりにピストルズを聴いたし、聴かなかったけどベルベットアンダーグラウンドの1stとか、クラフトワークとかソニックユースとかトーキングヘッズのベスト盤とか。思わずジョイ・ディヴィジョンのベスト盤ばかり聴いた。しかし、トルコの飛行機で、そんなもの聴きまくってフランスに渡るとは、考えてもみなかった。

乗り換えでまずイスタンブール空港で降りた。庄野真代の『飛んでイスタンブール』のイメージしかわかないロートルな自分ではあるが、ここで降りた過去もないし、せいぜい2時間パリ行きの便を待つくらいだったので、喫茶店でコーヒーを飲んだ。
それからは割とすぐにパリに到着した。

3月5日

普段、日本で不規則な生活をしているので、時差ボケは然程《さほど》感じず、大して寝ていないのにもかかわらず、ドゴール空港に着くや否や、どこかで酒が飲みたかった。到着したのが、ちょうど昼飯前の時間だったせいもあり。

ドゴールから友人のニコさんのお宅に、地下鉄で直行した。

到着するとすぐに彼を連れ出し、パートナーと3人で近所のレストランでワインを飲んで、サラダと血入りソーセージを食う。最高に美味い。日本から出た喜びを満喫。

隣の席の老夫婦が、食事中にもかかわらず一言も会話をしない。これも我々日本人に対する警戒か差別みたいなものかなと一瞬思ったが、別にそういうわけでもなさそう。

食事が終わり、ニコに近くのレコード屋に連れてってもらう。

そのお店は、フランスのアヴァンギャルド音楽のレーベルとして有名なフーチュラのカタログを再発したところであった。日本で購入を逃したSEMOOLの唯一のアルバム"ESSAIS"の再発盤LPを入手した。このアルバムは実にやっかいな代物で、オリジナルは数万?十数万?とかなり高価で、過去に一度しか見たことがない。以前再発されたCDを聴いた印象といえば、実に鮮明でない音質で、地味なエレキギターの練習みたいな漠然としたのが淡々と収録されているだけだった。ピアノの即興だとか逆回転や野外録音のパーカッションなどに混じって一曲だけ、明らかにブラックサバスのリフをエレキ一本で演奏している曲（他にピンクフロイドも）があり、こんなものを酔っ払ったかラリったかして録音するのはまだしも、こんなのレコードにするなと怒りたくもなる。そこが魅力といえば魅力、としか説明ができない。ジャケットもジジイが寝ているイラストだけ。いったいこのイラストを眺めながら、この地味なギター演奏を聴いて、何を思えと作者たちはいうのだろうか。

しかし、ここに録音されたものには、普通のレコードとは違ったロマンがある。いかなる音が収録されたものが、レコードないしCDとして販売される価値を持つというのか？　こういう録音も悪く、演奏も上手とはいえない音楽が、立派なレコードとして発表されているのを見ると、止めどもなく感涙してしまう。あり得なかった可能性が、当然のようにここに存在するのだ。これを人間すべての存在が持っている自由そのものだと思うと、感動も深まる。

他にはCAMIZOLEという知らないバンドの二枚組LPを買った。ジャケットに貧乏で風貌も冴えない四人組が写っている。僕はプログレが基本人間なのであるが、このレコードは違うものを感じた。帯の裏に書かれた解説を読むとTHE NIHILIST SPASM BAND（何度か来日もしているカナダのエレクトリックカズーを用いた即興演奏集団）とTHE LIVING THEATER（スウェーデンのレコード持っているが、これが坂本龍一とＮＹで85年に共演した同名の団体と同じものかわからず）の流れにある、とわかったようなよくわからないような説明がある。メンツを見ると VIDEO-AVENTURES と ETRON FOU LELOUBLAN あるいは URBAN SAX、ART & TECHNIQUE の方々らしく、それが購入の決めてとなったのだが、これも聴いてみると、なんだかルーズな即興演奏の生録という感じでなかなかよい。それと MENTAL EXPERIENCE というレーベルからリリースされている AK MUSICK というバンドのLPも買った。これにも日本のレコードみたいに帯が付いており、そこには「ラディカル、フリークアウト、フリージャズ、インプロ、アヴァンギャルド」と高校生の自分が喜びそうな惹句が並んでいた。その下には「ANIMA、ANNEXUS QUAM（どちらもドイツの前衛バンド）、ALBRECHT D（前衛芸術家）、GULDA（って、あのピアニストの大家、フリードリッヒ・グルダか……まあ ANIMA にも参加しているし）、NURSE WITH WOUND みたいな音」と書かれており、それは何なんだと興味を惹いた。しかし、後で聴いてみれば割と凡庸な前衛という感じだったが。あと、元 NEW YORK DOLLS のジョニー・サンダースがプロデュースしたという JUSTIN TROUBLE という人物の“PONYTAIL”というシングル盤を買った。サンダースがプロデュースというのもあるが、友人が賞賛していたと記憶しているのもあり、エレキと馬という組み合わせが気に入って購入したのだが、店全体の傾向が割と前衛音楽なはずなのにこれがある、というのが気になって、つい買ってしまったのである。それから日本では見たことないヘルマン・ニッチ（ウイーン・アクショニズムの巨匠で、『ロック・ミー・アマデウス』でお馴染みの故ファルコの親友）の田園風景と家畜の臓物が山積みの美しいレコードも買った。

そのままニコと別れて、僕とパートナー（というか彼女）はシネマテーク・フランセーズへと向かった。

何を上映しているのか、適当に調べてもらった結果何となく『ブルー・ベルベット』のニュープリントがやっていたのは知っていたが、ちょうど着いたその数分後に始まろうとしていたのはロン・ライスの『シバの女王と原子マン』。昔、ＬＡの露店でブートのビデオを買って観たことはあった。それは友人に貸したら、家が火事になってジャック・スミスの『燃え上がる生物』のビデオと共に返って来なかった。ウォーホルの『ヌードレストラン』や『ロンサムカウボーイ』、ジャームッシュの『コーヒー＆シガレッツ』なんかでヘラヘラしてフニャフニャしたオッサンのテイラー・ミードが主演。こんな珍品（？）が、ちょっと行ってみた先でフワリと上映されているという状況に、まるで山から下りてきた田舎者のように、間抜けに驚いた。まあ、実際に作品を観たら、智恵の足りない少年みたいなミードの笑顔を拷問のように見せられて辟易するだけなのはわかっていたけれど。それにしても、とにかくそんな作品が行ってみたら上映されているという事実に呆気に取られた。いかにその作品が自分にとって重要かも、世界の映画史にとって重要かも関係がない。これは大いに観るべきだ！という気がしない訳でもない。

だからこそ、まぁ観た気になって会場を後にするという選択肢を取ろうと考えた。ちなみに以前、ここに二度ほど来た際も、ショップで沢山のＤＶＤ（フルクサスとオノ・ヨーコとかの実験映画）

を買ったけれど、上映されていた映画は一本も観なかった。その際の特集はジャクリーヌ・ドリュバックかなんか（記憶薄い）とジョン・ランディスで、二回目に行ったときはランディス本人が、あの薄い髭面のまま、陽気にサイン会など開いていた。小学生の高学年くらいだったら喜んだのだろうけれど、もうそのときはいい年こいていたので「ランディスかあ」くらいの関心しかなかった。それでも『星の王子ニューヨークへ行く』だとか『ビバリーヒルズコップ3』などはあまりにクソ面白くなさすぎて何となく愛していたし、何よりもその会場には白人しかおらず（黒人もいたのだろうか）、アジア人など見渡す限り自分しかいなかったので、ここは恥を忍んでサインを貰いに行くべきか一瞬は悩んだ。しかし、サインを求める人々の列のあまりの長さにおののき、速攻会場を後にしたのであった。そんなにフランスに於いて人気あるのかと、少々面食らった。

というわけで日本では今後まず観れない、アメリカンアンダーグラウンドの名作を観るべきか一瞬悩んだ。しかもデジタルではない、コッポラと例によってスコセッシの提供によるフィルム上映である。

そんな風に特別な上映であることを自分に言い聞かせたところで、上映が終わる前の夜8時にニコさんの家に戻って晩飯を食うという約束を忘れるでもなく、いそいそと帰ろうとした。

すると目の前の階段から日本語が聞こえてきた。以前、日仏アンスティテューの上映会、横浜国大での梅本洋一さん関連で何度か会ったことのある槻舘南菜子さんだった。彼女はここシネマテーク・フランセーズの偉い人の息子さんと同棲（結婚？）しており「中原さんが来るのを関係者にはすでに伝えてあり、どの上映も招待」してくださるとのことで、これはもう観る他に選択肢がなかった。

慌ててトイレに行って、席に着いたら、すぐに上映が始まった。

実際に観ると、やはり以前観たのと同じように、ミードがおどけて、酔っているのか何か別の要因でこうなってしまっているのか、誰だかわからない全裸の太った黒人女（恐らく彼女がシバの女王）と性的にではなく、ただただ乱れるという乱痴気状態が、観客を無視してひたすら続いた。ウォーホル風の映画というか、それと江頭2：50みたいなお笑いの中間とでも称すればいいのだろうか。オチは勿論、ネタすらも見いだせない苦笑いの彫刻状態だけが連続する2時間近くの上映時間。不覚にも旅の疲れで寝てしまうかと思いながらの鑑賞であったが、意外にも眠らなかった。だからといって抱腹絶倒というわけでもなく。何人かの年配の観客は、何の躊躇《ためら》いもなく上映中に会場を去った。それも仕方ないというくらい、腑抜けた小笑い。とにかくミードの屈託のない笑みが、様々な観客の思考を瞬時に奪い去る程に酷い。

これを監督したロン・ライスはいくつかの実験映画を制作したものの、１９６4年に29歳の若さで亡くなっている。YouTubeでも観れる晩年の作品“Chumlum”はカラーで撮影され、この『シバの女王〜』とはまったく作風は異なっており、いますぐに他の作品も全部観たい！と無邪気に声を上げればウソになるが、また別の機会に探求したい監督ではあった。

上映終わって、槻舘さんに「飲みに行きましょう！」と提案し、ニコと友人たちがいるというバーに向かう。途中、地下鉄に乗ろうとして、先に行かれた。その際、すれ違った現地人にコロナ関連の誹謗中傷を叫ばれたようだが、フランス語がわからない。

3月6日

午前から外に出て、ポチョムキンというDVDショップに行く。ここにも初めてきた。真面目な映画ショップではあるが、基本どれもヨーロッパ盤で、プレステ4を中心にBlu-rayを鑑賞しているウチでは観れない(パソコンでは観れる場合も)可能性があったので、特に何も買わない。ツレはFINDERS KEEPERSから出てるジャン・ローラン(レズビアンバンパイア映画の巨匠)のサントラ集を買う。店の特製なのか『ツイン・ピークス』と『イレイザーヘッド』のトートバッグと、ケネス・アンガーとエリック・ロメールの絵葉書を買う。

友人の梶野さんがパリにいたので、昼をお勧めの店で。マルグリット・デュラスの生前住んでいたアパートの前ということで、店内には写真があった。そこで食ったエビのリゾットがとにかく美味かった。

入れ違いで日本に帰るという梶野さんと別れ、我々はメタルーナというDVDショップへ。西新宿にあるビデオマーケットみたいなお店かと思ったが、DVDは基本中古盤で、主に書籍が充実しており、持って帰るのが困難な大きな本ばかりが店内に。いちばん興奮したのが、フランスの80年代の有名ポルノ女優ブリジット・ラーエのデカいビジュアル本。いまはラジオで人生相談かなんかでトークしているらしく、その辺を歩いているオバサンさえ知っている著名人だそう。彼女の書いたポルノ小説も邦訳されていて、僕なんかはジャン・ローランのホラー映画によく出ていたから知っていて、ぜんぜん好みではないのだが、あまりに立派な本でＤＶＤ（シネマテークかどこかのトークイベントの模様と予告編集……あんまりいやらしくありません）まで付いているので買う。他にはゲテもの映画のポスター集などが多く、いろいろ欲しい書籍があったが、よくあるウガンダの手描きポスター集（80年代のアメリカのホラーやメジャー映画が驚異的な画力で綴られる）などを諦め、ハーシェル・ゴードン・ルイス（アメリカ最初のスプラッタームービー制作者）のポスターなどの広告を集めたZINEだけ買った。

そのあとは何となくポンピドーセンターまで行ってみる。

映画は何が上映されていたのか、まったくわからず、展示はボルタンスキーのすでに東京の美術館で観たのと同じだったのでパス。売店でValie ExportのＤＶＤ二枚を発見して購入。

夜はニコさんがパリに住む僕の友人たちに、可能な限り声をかけてくれてパーティをした。先日、日本でも会ったばかりのアンディや、ここ数年会ってなかった映画批評家のフィリップ・アズーリだとかに会う。それにL.I.E.S.というレーベルオーナーのロン・モレッリの彼女など（本人はその日ギリシャに）も来てくれた。ツレの女性のギリシャ人友人女性がやたら現代音楽の話題を出してくるので、ユニ・クリストフを勧める。初対面のはずのアンディと槻舘さんの彼氏が幼い頃、ジエス・フランコやポール・ナッシー(スペインの狼男俳優)と会った話をしている。何か話題がメチャクチャだ。

3月7日

また午前から移動して、ニコさんのプライベートスタジオへ。昨日から泥酔しているアンディもついてくる。ニコさんはSISTER IODINEというバンドをやっており、何度か一緒に演奏をしているが、本職は映画の録音だそうで専用のスタジオを自宅と別に持っている。そこに初めて行って、共演をレコーディングするのだが、そこはカタコンベじゃないかというくらいきわめてワイルドな地下室だった。

まずそこに下る為の階段の入り口が、大量のゴミによって封鎖されていた。というかゴミ置き場の背後が階段。そこに入ると、雑な廊下としか呼びようのない、壁のコンクリも雑で、そもそもどこまで降りれば最下層なのかわからない感じ。トイレも階段を上って地上階にいかねばならず、電気もつかなかった。とはいえ地下は暗くもなく、寧ろ明るい。ゴテゴテした作りにはなっているが汚くはない。しかし、よくわからない関係ないドアを開けると、ボイラー室みたいになってて、不意にここに迷い込むとホラー映画ならまず惨殺される。日本の建築とは違って、ぜんぜん予想に反した作り。いまさらながら外観も、一部だけ違う感じがする建物の部屋もあるし。

ニコさんのスタジオに入ってみると、スタジオというよりただ雑然とした物置かなという感じも一瞬したが、ちゃんと奥が防音の部屋になっており、ドラムやギターアンプがあるのだった。ミキサー関係も、近年の設備らしく、大概がパソコンであるが、なかにはいくつかの立派な機材もある。何より凄いと感じたのは、デカいアナログシンセKORG PS-3300。木目の縁取りのせいで、大きな割には地味な印象があって、国内外で、もっともポピュラーなKORGのアナログシンセMS-20がデカくなったようなものかと思って、人のスタジオにあっても特に触ろうとはしなかった。何の気なしに今回触ってみると、アルペジエーターがいい感じで驚いた。いわゆる僕が嫌いな類いのパッド系の音が、なんともいい感じであった。これを適当に弾いて、ニコさんにドラムを叩いてもらったら、何となくELPみたいな感じ（何となくね）の曲になった！　急にこのシンセが欲しくなったが、いま現在も割と高価だし、自宅スタジオには置き場所が……。

　昨晩から寝ていないらしいアンディが、我々の録音中本当にウザかった。なんだかアホらしい話を絶え間なくしてきて「うるせーな」と軽く無視すると「ああオレが嫌いなんだな……」と呟く始末。まあ普段パリ郊外で近所付き合いもなく毎日を過ごしているらしく、精神がまいっているのだと思う。普段はこんなにやかましくないし、基本いい奴なんだが。

　録音が終わって、近所のカフェでビール飲んで、さて帰ろうかとなると急にアンディが「んじゃ帰る」とクールに帰っていったので、少し心配になる。が、大丈夫であろう。

　その日はニコの家に戻って彼の美味い手料理を喰い、今日から始まった自分も出演するイベントに顔を出すか、悩む。身障者たちのバンドが出ていたらしいが、疲れていたので結局行かずにそのまま就寝。

3月8日

この日からフランスと同じく二度目のスイスに、昼から列車で移動。今日が最初のライブだから緊張するといえば緊張する。しかもヨーロッパの電車の旅は、なんだかんだいって初めて。向かい側の席の女性が、始発駅なのに出発前に席を移動する。多分、我々がアジア人だからコロナを気にしたのか。

夕方に着いたジュネーブは、初めて来た街なのだが、どこかイメージの通りだった。

街といえば街なんだが、外を歩く人は少なく。すでにコロナ禍の影響なのかもしれないが、パリと同じく日本と違って誰もマスクをしていないので、日常がわからない。

自動販売機がパリとは違ってぜんぜん置いてない。僕は普通の人より遥かに喉が渇くので、前もって飲み物を買わないとマズい。

ホテルにチェックインして、そろそろだという頃合いで外に出ると、会場の人らしき人物がやってきて荷物を持ってくれる。

今日の会場のCAVE12はものすごく巨大なビルの地下にあって、外観は想像を絶するほど立派だ。実際のステージまで来てみるとパイプ椅子だし、そんなに広くもないし、大したものではないのだけれど。バーカウンターの脇がレコード売り場になっていて、アヴァンギャルドばかり売っている。というか、そういうレコードしか扱っていない。

入り口にはコロナ対策のチラシがいくつかあるのを見た。

リハの準備中にマッキーのミキサーが壊れる。古くて、いまだにブライアン・イーノが好んで使ってるモデルだ。P.A.の男性が手持ちの、もう少しチャンネルの多いマッキーのミキサーを持ってきていたので、それを貸してくれるも、やはり電源を入れたら同じようにまた壊れる。もう他にミキサーはない。絶望的な気分になるが、仕方なく自前の小さいミキサーだけでやるしかない。

アメリカはどうだったか、最近行ってないからわすれたが、ヨーロッパではライブ前の晩飯がスタッフによって出されるのが普通。経験上、極端に食い物がマズい国と美味い国があり、フランスとスペインが美味いとすれば、あとは大概マズい国。イギリスは最近マシになったとよく聞くけれど、北欧はとにかく問答無用になにもかもマズいという印象が、個人的にはあった。マズいというか、正確には味覚のセンスがぜんぜん違うとでもいうのか。

しかし、意外なことに、この楽屋裏に立派なキッチンがあって、そこで出された夕食は驚異的に美味かった。スイスは何より物価が高く、外食ははばかられるのであるが、ここで出された牛筋のパスタは異常に美味しかったのである。

客は少なめでイベントが始まると、自分の前はドラムと大きなREVOXのテープマシン3台によるフランス人二人組のライブだった。何もこんなデカいテープマシン持ってくることたあないんじゃないかと思わないこともないが、日本ではまず観れない演奏である。技巧的なものがぜんぜん感じられないのが良い。ノートパソコンも使っているようだったが、何の音に作用していたのか、よくわからず。

続いて自分の演奏になったが、結構酒を飲み過ぎて(タダでいくらでも呑めたので)、適当なものになってしまったが、それでいい。それなりにウケも良かったようであった。

ライブが終わって、出演者たちと飲み。テープマシンのオジサン(って自分よりちょっと上なだけ)が、かつて日本に演奏で来たことがあると。ヨーロッパでの演奏の最終地であるフランスのブローニュ(ブレッソンの映画の場所とは別の田舎)は、人口が2000人くらいなのに、実験音楽が盛んだ、という謎の情報を得る。

ホテルに帰る前に、どこかでまた飲もうとしても、店がない。雨が降ってくる。

3月9日

立派なホテルを出て、朝から知らない人たちのゲストハウスに荷物を引っ越してオフ。ビルの建ち並ぶ裏にある木造の家で、近所に難民の施設があって、別に悪い連中ではないのだが、その家の玄関周辺で大人数で常にダベっている。どいてと言わないと、家の敷地に入れない。ハッキリ言って邪魔なんだが、別段悪い連中ではない感じなので、文句はない。ただ自分たちが寝る部屋のすぐそばでずっとダベっているので、うるさくはある。

庭にはちょっとした宴会場があって、夜には色とりどりの電球があって、なかなかいい感じ。家の中も、暖かくていい雰囲気なのであるが、ここで泊まるのかと思うと、何やら不安な気分もしないわけではない。

ずっと留まるのもなんなので、すぐに外に出る。

その日は月曜日で、大抵の商店は休業なんだそうだ。残念だが仕方ない。


とりあえずジュネーブ駅近くにある中古レコード店に行ってみる。

入店すると確かにいい感じはする。全体的に高くもないが、そんなに目立っていいものがあるわけでもない。地味にストラングラーズとフライング・リザーズ、グレース・ジョーンズ（彼女のシングルを安値で漁るのが趣味）、カウント・ビショップス（強盗で捕まって来日できなかったんだっけ？）などのシングルを買う。別に安いわけでもないのだが。店員の兄ちゃんがいい人で、いろいろしてくれた。会計の後、店のトートバッグくれたし。

とにかくまぁ、大体が休みなので、気分が緩む。中古DVD屋に行けば、床に中古シングル盤の棚があるのだが、量が多く真面目には見ない。しかも、ボロボロなのに特に安いわけでもない。5フランとか……それって昔のシングルの値段くらいかと思うと。

映画グッズ専門店みたいなところにも行ってみるが、なんとも言えない感じで、書籍よりもクズみたいな絵葉書ばかりを眺めた。ポスターとか中途半端な品揃え。バーバラ・スティールのよくわかんないホラー映画の小さいポスターとか『巨大蟻の帝国』とかいきなりあったけど買わず。古すぎるカイエデュシネマのバックナンバーとか巨大すぎる『アメリカの友人』のポスターとかも。結局、ロイ・シャイダーやチコ・マルクス（しかなかった）とか一貫性のないスターたちの絵葉書だけ買って店を出た。

町中でフランスにしかないと思い込んでいた量販店フナック（日本でいえば昔の西武百貨店みたいなもの？）があったので、寄ってみる。

さすがにパリのフナックみたいにはCDやレコードは充実していなかったが、書籍はいろいろあった。美術書コーナーでECARTという本を見つけた。日本語のサイトで調べても、何の本なのかよくわからず、明日のローザンヌでの会場の主催の友人に訊いてみると、スイスの美術コレクターだかなんだかのメールアートなんかの本とのこと。いきなり開いたらモンテ・カザッザの心臓くり抜き写真で、驚いた。で、スイスのフラン持ってなくてユーロしか持ってなかったのだが、いちおう問題なく買えた。

持っていったCD-Rが思いの外、あんまり売れず、金ももうあんまり持ってなかったので宿泊先に帰る。知らない人たちに飯を恵んで貰うのもなんなので、外のピザ屋に行く。あんまり美味しくはない。

3月10日

疲れていて沢山寝たので、朝から元気に地元の近現代美術館に行く。そこの名前はMAMCO。なんか下品なのと日本のゲーム会社みたいな感じがするが、マムコ。現地に着いたら早すぎて開館しておらず、仕方なく違う美術館に行ってみる。1階がよくわかんない写真家の展示。2階がアナーキスト運動だかの人々を紹介していたが、説明がフランス語なのでよくわからず。

開館まで少し待ってMAMCO。展示はオリヴィエ・モセ。詳しくは知らないけど、作品は見たことがある。ロスコーのポップアート版かなと適当に解釈していたが、こうして60年代から総括的に作品を眺めてみると、そういうわけでもないかも。パリでの初個展の模様を、ザンジバルのセルジュ・バールが収めたという中編"FUN AND GAMES FOR EVERYONE"が上映されており、ダリも来ていたという(50分もあるので全編ここで鑑賞していない)模様が途中からギンギンにサイケデリックな轟音ギターのフィードバックで彩られていた。気分が上がる。他にもティンゲリーやサンファアル、クラインなどが常設。帰りにギンギラしたトートバッグを買って帰った。ここでもECARTの書籍(フナックで買ったのとは別の)が売られており、いきなり開いたページはジェネシス・P・オリッジによるコラージュ作品だった。

ジュネーブ駅から電車に乗ってローザンヌへ。

本を読みたくて、いつも海外旅行には沢山の本を持って行ってしまう。

最近、家が狭いせいもあり、ぜんぜん本が読めない。こういう特殊な環境なら読むはず、といってもこれがぜんぜん読まない。以前は、演奏などの予定がない旅は特にデカい本（アイン・ランドの『水源』とか）持って行って後悔したりとかの反省もあって、文庫本しか持っていかないが、それでも結局小さい本が増える。別に読書なんかよりも、そとの景色を黙って見てるほうが重要だ、なんて思ってはいない。だが、普段よっぽど遠くに行かないと見れない水平線や地平線だけでなく、移動する車内からは細かくは確認できないはずの、地面に落ちているゴミや小石や小枝なども、その存在をアピールしているようで、愛らしくなってつい細部を見つめることなく、流れてくる全体を眺めてしまう。二度と目にすることはない、しかし二度会う奇跡が万が一起きても、それを認知できない出会い。それがぜんぜん刹那的でなく健全で普遍的な出来事のように思えてしまう。

泊めていただく、こちらでのライブの主催者ミシェルさん宅は駅沿いにあって、10年ぶりくらいに来たら、美術館を建築中で大胆に様子が変わっていた。以前、泊まったホステルは朝方酔って帰ったら、ずっと男の呻き声（ＳＭかゲイのハードセックスな感じ）が生々しく聞こえ、そのすぐ後具合が悪くなった。そのホステルも、外見はともかく中はきれいだったのに取り壊されていた。迎えにきてくれたミシェルの奥さんひろ子さんに、お宅までの道中いろいろ聞いた。

夫妻の素敵なアパートは10年前と変わらず、しかし愛犬はすでに亡くなって不在だった。

ゆっくりする間もなく、ミシェルさんの経営する書店 Humus に向かう。ここは本当にいい本屋で、前に行ったときは、ローラン・トポールとかバズーカの作品集などを買った。映画関係の書籍コーナーも充実していて、パリのメタルーナで買い損なったハードコアポルノビデオのジャケット集（原寸大で収録）や、ポルノ映画のアド集とか欲しい本ばかりだった。店に着くとミキシング担当の図体のガッシリした男性がおり、なんとも陽気な方で、いろいろ気を遣っていただいたが、名前は失念。

日本ではお目にかかれないような、役者だったらエドワード・フォックスというより弟のジェームズ・フォックスみたいな絵に描いたような立派なスーツの紳士（イギリス人ではないと思うが）が書店の客として来ていて、大の日本のノイズのファンで、レーベルもやっていると話しかけてくる。こういう類いの人がそういう音を聴いているというのは、初めての話。聞くと、お父様が亡くなって大きな会社を継いだようで、急にＣＥＯになったと。どう見ても晩年のダグラス・サークの映画に出てくる感じ（もっと上手い表現があるのだろうが）としか形容しがたい。またこの男性が良い人で、イベントで売るはずだったＣＤ-Ｒを十種類ほど買ってくれて、さらに「お腹空いてないか？」と近所のケーキ屋で美味い飲み物（何だったか忘れ……多分チョコドリンク）と、四つくらい高そうなケーキを買ってきてくれた。そのケーキの美味いこと！　変な緑色したケーキが特に素晴らしかった！　その男性はライブも家庭の事情で観ない（ちょっと子供が待っているから来れないかもと）で帰ってしまったが。

早く会場に来すぎてしまったので、前にも行ったアールブリュット博物館へ、ツレと二人で行く。

デュビュッフェなどの代表的な作家たちは常設状態であるが、やはり10年前とは大きく展示が異なっていた。しかし、またアールブリュットだろうが何だろうが、作品が大きいのもあるが会場が広いので、それだけで心が奪われる。日本のようなチマチマした空間で作られるものには、もう首が締め付けられるような、酸欠状態の窮屈さしか感じない。そういうものが全部嫌だと、このときつくづく思った。

壊れたミキサーも、自分が持ってきたのはミシェルの家に置き去り。さらにチャンネル数の多いものを借りてきてくれた。

リハも終わって、ミシェルとミキサーの人、僕と僕のツレの四人で近所のハンバーガー屋に行った。ここは前回スイスに来て最初に飯を食った場所だと記憶する。大して美味い訳じゃないのに、高い。ハンバーガーが日本円で1500円くらいする。ミシェルが奢ってくれるというので、牛肉は我慢して照り焼きチキンを注文。別にマズくはないけれど。この国はとにかく物価が高く、飲食に金を使わなくていいのは非常に助かる。感謝。

しかしながら、直前から不安になっていた通り、ライブはあまりうまくいかず、1時間以上ダラダラやって手応えなし。そのせいかCD-Rもあんまり売れず。

そんなこともすっかり忘れ、閉店しているHumusで買い物。ギャラも予定より50フラン増しでいただいたのでホクホク。まあ確かに物価は高いが、欲しい本が揃っている。絵葉書含めていろいろ買わせていただいた。"American Redneck" という全ページカラーのホラー映画研究書がやたら気になったが、値段が高く（75フラン）て、やたらと大判なので諦める。あとでネットで調べても、この本のことは出てこない。

ライブ終わって軽く打ち上げといきたいところだが、すでにコロナ禍なのか、単に店が営業していないのか、程なく近いミシェル宅に帰る。前回に泊めていただいた際に、僕がやたらと味噌汁を飲みたがっていたのを覚えていたらしく、ひろ子さんがいろいろと会食の準備をしてくださっていたらしく、聞いていた予定でなく明日にはパリに戻らねばならずガッカリ。お宅で美酒をいただき、ついでにワガママいってお味噌汁もいただいて、何となく自然に就寝。

3月11日

朝起きて、やはり以前来たときに食した、メレンゲの上にクリームを載せた菓子（名前忘れ）を二つもいただく。美味い！　こんな簡単な菓子だが、日本でも食えるのだろうか。いまこうしている瞬間も、また食べたくて仕方がない。

ミシェルは職場の書店へ、僕らはひろ子さんに送っていただいて駅へ。このときは旅の移動で情報の少なかったせいか、まだ余裕があって、呑気にまた再会を約束した。実は昨年末にも夫妻は来日しており、イベントの打ち上げで既に再会していたのだった。いや、こうしてついこないだの楽天的というか牧歌的な時間を思い出していても、この日本が突出して未来が見いだせない最悪で閉鎖的状況にもかかわらず、再び夫妻と再会する日がやってくると確信しているのだが。

やはり読書もせず、窓の外を眺めて数時間で再びパリ。自由な時間はあまりないのは自覚していたが、シネマテークなど回ってとにかく映画が観たいという欲望に駆られる。


ニコさん宅に荷物を置きに行くと、彼のお父さんがいらしていた。60年代はバリバリのヒッピーだったらしく。フランク・ザッパやゴングなどのツアーに行っていたらしい。そういった話を聞きたかったが、フランス語ができないので「じゃあキャプテン・ビーフハートは生で観た？」と聞いたが、観ていないとのこと（いや、ザッパとの共演は観たかも）。

槻舘さんに連絡し、今日からシネマテークで開催されるジャン＝ダニエル・ポレ特集に行きたいと伝える。このポレは、まさにヌーベルバーグの呪われた作家であり……というか僕個人、以前シネ・ヴィヴァン六本木で上映されたオムニバス『パリところどころ』の一編しか観ておらず……というかぜんぜん記憶にない。生前も彼のレトロスペクティブがポンピドーで開催されるも、職員のストライキで中止にされたらしい。それで死後、満を持しての復活となったのだが……。

まず念願の実験映画のレーベルRe：Voirの直営店に向かい、ザンジバルなどのDVDを買う。フィリップ・ガレルのものは大概持っているので一枚しか買わなかったが、セルジュ・バールのMAMCOでも上映されていた作品を含むものを買う。他にもマイケル・スノウとかポール・シャリッツの作品集だとか。

店員の若者（名前失念）がこれまたいい奴で、僕らが来店するのを槻舘さんから聞いていて、やたらと調子がいい。何故かレジ前にファルフィッサのオルガンが置いてあって、後期の見たことないリズムマシンがついているものだった。だが「ここに酒を置くな」と注意書きがすでにあることからわかる通り、そのリズムマシンが作動しない。「客がね、ここで酒こぼしたんだよ」と彼は言う。

すでに閉まっている隣のギャラリーを開けてくれ、16ミリの映写機を作動させて、展示を観せてくれた。なんとかいうオッサンの作品であった。

店員の彼も、僕の13日のライブを観に来てくれるという話を聞き、店を出る。

シネマテークに上映開始時間より早く着き、1階のカフェで飲み。グラスワインと、つまみ山盛りで晩飯に値するほどの飲み食い。ハムとかチーズとかサラミとか。

会場は一番広い場所。ほぼ満席といってもいいくらいの入り。

槻舘さんからいろいろな人物を紹介される。でも記憶に残っているのは、どれも日本人ばかりだが。

ニュープリントに参画したスタッフや生前ポレと交流があった人々らが壇上に上がってスピーチするも、フランス語がわからない。やがてアレクサンダー・アストリュクが協力のポレの短編映画“BASSAE”がまず上映されるが、ギリシャ風の柱ばかりが出てきてなんだかよくわからない。

それが終わるとようやく長編『アクロバット』が始まる。主役の男優が見たことあるなと思って、あとで調べてみたら『モン・パリ』とか『サブウェイ』に出ていたキートンみたいなクロード・メルキだった。映画って、あの人なんだっけ？で調べればわかるのが、つくづく楽しい。大抵は、そのときはもう死んでるんだけどね。

生き生きとしかいいようのなく踊り狂うメルキ。話はまるでわからないのだけれど、とにかくやたらと美女と踊りまくる。それしか記憶にないのだけれど。

そんな感じで映画でのメルキの輝かしい気合いで、フランス語わからなくても楽しめたのだが、旅の疲れもあって半分弱は沈没。日本では『パリところどころ』しかまともに公開されたことのないポレだけに、ここでの上映はできる限り観たいと思った。

改めてシネマテークの上映パンフを眺めた。子供の頃、テレビで観て好きだったルイ・ドフィネスが表紙で、彼の作品もまとめて上映されるらしい。クロード・ジディとかフランス映画といえば、ぜんぜんイケてないこういう下品なコメディという印象が強かった。別にそれらとゴダールとかロブ＝グリエとは違うとはぜんぜん思わない（寧ろ同じ）けれど、こうしたフランス映画も日本でも普通に観返したいものである。

それに加えてキャロライン・マンロー（子供のとき『007私を愛したスパイ』を観てからのアイドル）の『スタークラッシュ』が上映される！　って、去年新文芸坐のオールナイトで久しぶりに観たばかりだけれど。というかダリオ・アルジェントのお友達監督ルイジ・コッチが来館しての上映！　それにテレビの『超人ハルク』に出てたルー・フェリグノ主演の『超人ヘラクレス』も上映されるとのこと。正直、どっちも好きじゃない作品だけれど、それがフィルムで上映されるのかと思うと気分は上がる。それに加えて『ダーティハリー』のドン・シーゲル特集がある。これは凄い！　というかこの調子で毎日上映があるといわれたら、もう速攻フランスに亡命したくなる。いや、確かに日本のフィルムセンターだとかいろいろな機関も頑張って何の理解もないクソみたいな行政から金ひっぱってありがたい上映イベントを開催しているのだろうが、客は会場で上映中に人が鍵落としただけでギャアギャア文句言ってくるくせに自分はイビキかいてグーグー寝ているようなクズの年寄りばかりで、そばにいる自分の生気まで吸い取られるのが苦痛。といいたいところだが、まあ確かにこちらの客もどちらかといえば年配の方ばかりなんだけどね、こちらの人たちは日本みたいにセコくはない。精神が貧しくもない。と僕は感じるので、よほどじゃないと日本のフィルムセンターには行かない。

　しかし、やはりというか当然、イタリアもすでにその頃、コロナの危険な状態でコッチの渡仏は中止になったと聞きグッタリ。というより上映の時期には、自分はそもそも帰国している予定だったのをスッカリ忘れていたのだった。

3月12日

昼にベトナム料理が食いたいと主張し、ニコさんと奥さんのメラニーさんと僕のツレと4人で近所のレストランへ。申し訳ないが、大したことない味。奥さんも「味の素が沢山入っててイヤだわ」と。

奥さんは職場に。我々3人は近所の古本屋に。レコードも多く扱っている店だが、基本的にみんなクズ。まあクズと知ってて漁るのも、楽しい。アンソニー・パーキンスのシングルが二枚ほどあったが買わずに、ミュージカル『アニー』のシングルを買う。こんなの日本でもクズと決まっているが気分でつい。地下の音楽とか映画雑誌などを扱う階に行くが、そこに雑然と置いてあったエロ本を一冊だけ買う。80年代末期くらいのだから、そんな面白くもない。こういうところより、フリーマーケットで売ってるような、70年代のクズみたいなエロ本が欲しいが、いまはそんな余裕はない。

ついでに下がオーディオ機材で上が中古レコード屋という店に行く。ここには以前来た記憶がある。間違っていなければ、アルトーがわめき散らすレコードを、この店で買った。多分、昔日本でもペヨトル工房が翻訳本と限定セットでカセットで出したものと同じ音源のはず。ART & TECHNIQUEだとか何となく欲しいフレンチニューウエーブの再発があったといえばあったが、疲れて何も買わず。とにかく足場が悪く、立っているだけでも疲れる。奥のジャズコーナーまで辿り着くのも一苦労。

もう所持金がないようなものだったが、いちおう階下の中古オーディオショップも見る。そしたらカセットレコーダーのポータブルがあり、モノラルは高いがステレオのはそんなに高くなくて1

00ユーロ。そんなに大きくなくて、ブレッソンの『白夜』で主役が持っていたような機械。これを公園に持っていって、鳩たちのざわめきを録音したい欲望に駆られるが、購入するにはチェックしてからでないと、と店員に言われて断念。

しばらく近くの茶店でコーラ飲みながら考えて、100ユーロでカセット録音できるなら安いと考え（きっといま手に入るカセットレコーダーより音はいいだろうと）、もう一度店に戻って交渉。店の人はチェックしておくから1時間後に、と。

金もなく、行きたい場所も特になくフラフラとその辺を歩く。ポンヌフ橋が近いとわかり、行ってみることに。ツレが日本から持ってきたヌイグルミを置いてみたりして、以前ここに来たときは誰もいなかったけど、さすがに祭日だったから客はたくさんいた。ついでにナポレオン広場のガラスのピラミッドにも寄る。ここは初めて。

満を持して店に戻ると「壊れてた。中の回路をアメリカに注文して直さないとダメ。1ヶ月はかかる」といわれてやっぱり断念。無駄な待ち時間だったけれど、お店のおじさんの真面目な対応には、多大なる感謝。

それからやや郊外の街に、地下鉄で移動。七里圭さんの上映があるので、デジタル創作センターという施設に行く。

フランス行く直前から、互いに同じ時期にパリにいることを知っていたので、一緒に食事でもと話していたのだが、そちらの会場に行ってみると、駅前に一軒レストランがあるだけで、上映が終わったあとではやってそうもなさげ。

開演前にご自身も言っていたが、確かに日本で観た七里さんの上映よりチープな環境であったのは確か。でも、何回かそちらの完全な設備で観ているので、不足感は然程感じず。なかなかいい上映であった。

3月13日

昼過ぎに「100人以上の集会が禁止」との政府からの通告。

昼飯はニコさんのお父さんも交えて。本当にニコさんの料理は美味い。


今日は今回のツアーの本番であるといっていい、パリでのライブ。3時に迎えのタクシーが来るので、その前に近所のベビー用品店に行って、渡仏中に産まれた友人の赤ちゃんのお祝いを買いに行く。個人的には赤ん坊は苦手だが、こういうお店に行くのは好き。可愛い動物のヌイグルミとか眺めているだけで、心安まる。

3時過ぎに会場に着く。その前のタクシー車内で槻舘さんからメールが届き、シネマテークの今日からの閉鎖を聞く。ああ、コッチの講演どころか上映もない……というか、ポレの特集も中止。なんと呪われた映画作家なのだろうか、生前だけでなく死後のレトロスペクティブまで中止とは。

さらに自分がフランスに呼ばれたキッカケとなった、このイベントも、今日の自分が出るライブだけで、もう中止だという決定を聞かされる。観たかったリー・ペリーとエイドリアン・シャーウッドのライブもなし。対バン予定だったエンプティセットも、早くからイギリスから出ないことを決めたという。急に色々がコロナ禍に飲み込まれていくのを見せつけられた瞬間だった。

とはいって、陰鬱な気分にもなっていられない。しかも、台風がやってくるような胸騒ぎ、って書くと相米慎二の『台風クラブ』が好きな人みたい。いや、あれは登場する中学生が同年代で、何だかとってもイヤなものに感じた。好きではない。相米の映画自体、そんなに好きではないと普段表明している。いや、他の作品はともかく、あれは嫌い。

しかし、何度もいうように、特別な胸騒ぎはする。この気分が不謹慎だとか、そう思われてもかまわない。理由はなんであれ、不安はあるものの、不愉快とかいう言葉で表現されるべきでない何かであるのは、間違いない。単に自分の具合が悪いからそう思っているだけなのかもしれない。しかし、日本にいてグダグダやってる毎日に比べたら、これが不思議と悪くない。単に花粉とか放射能ということなのかもしれないけど、本当に自分は日本という国が大嫌いなのだろう。

単にこの国のシネマテークの充実ぶりだけではなく、中国からの飛行機に乗りたくないという理由もあって、そのままパリに残りたいと思っていた（いや、その場合に迷惑をかけるこの国の友人たちのことはこの際、引っ込めておく）。きっと、このまま普通に日本なんて帰っても、つまらない日常に戻るだけ。しかし、誰も友人のいない国ならともかく、知らなくもない国での全世界での非常事態。軽薄に考えれば、何とも楽しい精神状態なのだろうか。

スイスでのライブと違って、大きな会場。広いステージ。十分な設備。ちゃんとしたP.A.だから余程のことがない限り、失敗はない。いや、自分のライブにおける失敗って何だろうか。ちゃんと機材を持ってきたのに、壊れたとか、使い方がわからなかったとか。今日の、このちゃんと十分なリハもあって余裕のある状態ではあり得ない。しかし、その演奏が楽しいかどうかはわからない。

客は100人入れないという条件で、結局友人の多くと再会できなかった。七里さんは来てくれた。10年くらい会ってない女性の友人も来た。

まあ、そんなお膳立てだったので、とりあえずは無難なライブになった。個人的に面白い演奏だったかどうかは別。

3月14日

ホテルは前日の会場の真向かいだった。郊外のリッチかなんだかよくわからないホテル。

この日はブレストという地方でライブ。そこはジャン・ジュネの『乱暴者』というよりファスビンダーの遺作『ケレル』の舞台として知っているだけ。とはいってもあの映画の港町は全部セットだったので、何の参考にもならない。

電車から流れていく光景を眺めて、何を考えていたのか、自分でもよく覚えていない。ときには眠っていたのだろうが、相変わらず読書もせず、車内を眺めるのも何だが、とにかくやたらと混んでいたのは覚えている。これもやっぱりコロナの影響なのか。だからといって特に殺伐としている感じもない。というか、普段の電車のようすなど知らないだけで、やはり本当は殺伐としていたのか。旅行者の自分にはわからない。

駅に着いてすぐに、現地の女性が車で迎えに来てくれた。

一緒のツレは英語がわかるからいいが、そんなに聞き取りもできない自分に伝わっているのか、あんまり不安がなさそうにベラベラと話しかけてくるのは、旅疲れの状態であったにもかかわらず心地よい。何だか『ファインディング・ニモ』に出てくる女性の魚みたいな感じ。ちょっとイカれてるのかもしれない。やたらと自殺がよく起きる橋を通る際の説明が記憶に残った。

会場はコロナの影響で、変更され、映画でしか見たことないような、周りに何もない、単なる馬小屋だった。本当に馬小屋。近くに実際に馬もいた。その柵に近づいて、馬だ馬だとツレと騒いでいたら、一頭の馬がたちまち寄ってきた。餌でもくれるのだろうと思ってやってきたのだろうが、我々は何もあげられるものは持っていない。しばらくつまらなさそうに佇んで、土をやたら蹴り始めた。

本当に馬が住んでいたとしか思えない馬小屋。こんな場所でマシなライブが出来るのだろうか、というか客が来るのか。そんな不安がなかったわけではない。しかし、こんな誰も来そうにないド田舎までわざわざ来たのだから、演奏はともかく楽しまなければなるまい。といっても、本当に馬しかいない田舎だ。

リハが終わって、案内の女性がホテルでなく宿泊施設に連れていくというので車に乗った。「いや、何よりも地元のレコード屋に行きたい」とワガママを主張すると、ネットで調べた通りの店に連れていってくれた。着いてすぐ、何だか品揃えの悪い店だと思った。以前はアルバムを揃えて持っていたアルベール・マルクールと、デス・イン・ジューンのCDばかりが揃っていて、他のレコードは何だかよくわからない。店員に聞くと、その二つは最近ここでライブがあったバンドだそう。手ぶらで帰るのも何なので、スイスのGRAUZONEというNWバンドの"EISBÄR"の12インチ。それとスロッビング・グリッスルの"D.o.A"のブックレット付きのカラービニール再発。どちらも昔から持っているのだが、つい買ってしまった。というか本当に何のレコードなのかもわからないものしか売っていなかったのである。でも、とてもいいレコード屋だった。買ったら店のトートバッグをくれたし。ついでに寄った古本屋もいい店だった。店先に置かれたアルトーのポンピドーのパンフとか『国民の創生』のフランス語シナリオ採録、ジャン＝パトリック・マンシェットの初期作品が欲しいと言ったら出てきたいつのものだかわからない小説など、田舎とは思えない品揃え。何も買わなかったが。

買い物が終わって会場の馬小屋に戻ると、内部にちゃんとしたバーが出来ており、他の出演者のリハも終わっている。別棟の楽屋に向かうと出演者や関係者がまかないを食っていた。見ると晩飯はクスクスで、昔どこかのイベントで食ったクスクスの不味さを即座に思い出した。しかし、なりゆきで口にしたそれはもの凄く美味かった。共演者の人々は皆親切で、やたらと話しかけてきた。皆、話題は当然コロナのことばかり。

少し遅れて会場に入ると、満員ではないが、十分立派に客が入っている。こんなド田舎の僻地に、どんな情報を頼りになんだろうか。なんか盛り上がっている。

最初のバンドはちゃんと観れなかったが、二番目のバンドは本当に凄くてガツンときた。真面目そうな二人の眼鏡の男と、オカマにしか見えない長髪の男の3人組。一番陰気そうな奴がウッドベースを弾いて絶叫。他の二人の楽器のポジションはあやふやで、スネアにごちゃごちゃしたものを取り付けたやつとか。ステージから見えないシンセを弾いて、足でテープを操作して、呪いのような唄を唄っていた。レジデンツに二人のジェイミー・ミューアがいる感じか。

演奏中、先程レコード屋に連れていってくれた女性が、話しかけてくる。

「ジェネシス・P・オリッジが亡くなったそうです」

人なんかいつか死ぬから、ついさっきまで生きてた知り合いが死んだというのでない限りは大抵驚かないし、実際に驚きよりも何か他に近い感慨。とりあえず、さっき彼のバンドのLPを買ったばかりではある。

自分はそんなに彼のファンだったか。いや確かにファンだ。中学生の頃、渋谷に中古レコード屋のハンターがあって、スロッビング・グリッスルのアルバムはそこで全部数百円で買った（いや数寄屋橋店でも買ったかも）。あれは実際にはパンク、ニューウエーブというよりもノイズというよりテクノだった。テクノといってもクラブの音楽の認識もまだディスコで、ハウスもまだそんなにポピュラーじゃなかったたし。だけれどファンだからといって、その本人がどうとか特に何もない。他のメンバーであるピーター・クリストファーソンにも晩年会ったけど、特別な感動はなかったし。そのあとのサイキックTVには何という感想もない。いや最近になって、好きな曲もできたくらい。

しかし、ジェネシス本人からFacebookに友達申請が来たときは、うれしいというより驚いた。もともと白血病で体調を崩しているという話は聞いていたが。


ちょっと衝撃を受けて佇んでいるうちに、もう自分の出番。

こういう完璧な状況のときには、毎度よいライブができるもの。思う存分、やれることができたし、観客の歓声もよかった。すごい充実感。間違いなくよいライブだった。

終わって機材の片付けも終わって、解放されてよい気分。

さっき見たバンドの兄ちゃんたちが、寄ってきた。

「いやー、よかったよ！　最高」と、先程一番陰気そうなベースの兄ちゃんに声をかけたら、パッとレコードをくれた。演奏とは違って、ぜんぜん陽気な兄ちゃん。ガバガバ飲んで、音楽の話も楽しくできた。ガハガハと、とにかく笑った。

なんだかんだと他の出演バンドともウダウダ仲良く接しているうちに、空港に行って、飛行機に乗る時間になってしまった。といっても朝の4時。もう迎えのタクシーが来るだろうと、農場からツレと現地の人たち数人で飛び出した。

まだ外は真っ暗だった。最初は対バンの日本人の男性がいたが、馬小屋に戻っていき、我々ツレと二人は誰もいない荒野に置き去りになった。やがて、本当にぜんぜんタクシーが来ないので、心配になったツレは農家に戻ってしまった。

たった一人、真っ暗な荒野で荷物を抱えて立っていた。

さっきまでの騒がしさと打って変わって、何という沈黙。その間、一台くらいは車が闇からヌッとやってきたが、自分を迎えてくれるタクシーではなかったので、スッとどこかに消えていった。いままでそんな自覚はなかったが、この状況はまさに世界の終わりの始まりを感じさせる時間だった。ジェネシスもかつて「自分の曲を世界の終わりに聴きたい」と極めてクールに言ったが、ジェネシスが亡くなった日に、こうして誰もいない暗闇に佇む。

小躍りなどしないが、何か不思議な高揚感がこみ上げてきた。普段ならまさしく恐ろしいことが起きる前触れの不吉な時間であるはずなのに、それは突然自分が笑い出してしまうのを、堪える4歩まえの状態。

それからジェネシスは「人はどれだけ優しくなれるか、よりもどれだけ冷酷になれるのかを探求したい」みたいなことを言っていた。すごく興味ある言葉だ。

よくよく考えたら、大した状況ではなく、単に自分が無事に日本に帰れるのかという心配もしつつ、帰らなくてもいいか、みたいな不安定な心境だっただけなのかもしれない。

さらに考えれば、このまま4時に空港に行って、次の演奏場所のブローニュに無事行けるのだろうか、というよりも「もう疲れた……行きたくない」という叫びを発したかっただけなのかもしれない。しかし、彼が生み出した冷笑的に思えるカルチャーが、彼の死によってただ冷ややかなだけでない、クールにこうして闇に怯えずに過ごす余裕に思えて、とりあえずこの非常事態の尋常でない状況には助かった。

しかし、20分ほど待っているとタクシーはやってきて、そのまま手際よく空港へ運んでくれた。まだ演奏があるのか……こんな状況なだけに、予定されていた次のイベントも続々出演予定だった人々がキャンセルされ、出るのは僕とターンテーブル演奏の女性のみ。当然、断ってもかまわないのではあったが（出なくてギャラが出たのかどうかはわからない）、とりあえず向かうこととなった。

3月15日

飛行機で一旦パリに戻って、乗り換えてそのままバーゼル空港へ。

まったく寝ることなく、やはり読書するでもなく、窓側でもなかったので、ただただ椅子に座っていた。

ブローニュは考えていたブレッソンの『ブローニュの森』とは何の関係もない（あれはパリ市内

だ)、本物の田舎。昨日までのブレストが田舎とはとんでもない、本物の田舎。

街がない。いや、あったのかもしれないけど……多分なかった。


空港にはやはり案内の女性がやってきた。

車に乗せられ、いきなりJ・G・バラードに出てきそうなモダン建築のホテルに連れていかれた。クローネンバーグの映画に出てくるような人里離れた医療施設みたいな。近隣には国道と列車の駅があるだけで、あとは周りに森があるだけ。こんなとこで演奏するのか、この近くで客が来るのかという疑問よりも以前に、人が誰もいない場所。

さすがにここから30分くらい移動して着いたのが、いつもは冠婚葬祭やってそうな斎場みたいな村の公民館にしか思えないアートセンター。車の中で女性から、今度こそ本当の無観客ライブだと聞かされる。

先に長髪のミキサーの兄ちゃんがいて、ここにはその人と運転してくれた女性の二人のみで、あとでネット配信用の眼鏡の男性がやってきた。

そして対バンはターンテーブルの女性が一人。

余裕あるセッティングの時間があって、それが終われば何もやることがない。

建物周りを会場のある2階から眺めると、本当にフランスのド田舎にいるという実感しかなく、人はぜんぜん歩いていない。控え室のテーブルには、勝手に食ってろという感じでミートパイとべーコンのパイ、板チョコとリンゴジュースが置かれている。

対バンの女性が「私はベルリンに住んでいて、自分の演奏が終わったら速攻車で行かないと国境封鎖で帰宅できないので、すぐ帰るので貴方の演奏観れません。ごめんなさい」と謝られる。こちらも「大変ですねー」しか答えられない。


セッティングに時間をかけた上に、無観客だとプレッシャーもあんまりないから、そつなくライブはできた。落ち着き払っていたので、まずまずな感じ。安倍首相の「アンダーコントロール」という声のループを流し、上から「バカ！」だの「死ね！」だの絶叫した。こんな寂しいラストでライブ納めかと思うと、気合いが入った。昨日が完璧に楽しいイベントだっただけに、こんなところまでわざわざ行って客なしライブに、いったい何の意味があったのか、よくわからない。

終わってトイレに行こうと階下に降りると、図書館になっていた。

どんな書籍があるのか、奥に書架があったが確認できなかったので、手前にあったCDの棚を見てみる。クラッシックが並んでいるのかと思ったら、そこにはレッド・クレイオラとかワイヤーとかボアダムスとか、そういうサイケデリックとかオルタナティブな音楽しかない。ここは何なのだろうか。こんなハイジに出てきそうな、朴訥とした田舎に。

先のジュネーブで会ったフランス人から聞いた「人口は少ないが、実験音楽のシーンが盛んだ」という話はまんざらウソでもなさそうだった。とはいえ住民と交流がないと、謎は深まるばかりだ。

終わって十分すぎる広い会場にスタッフと我々含めて4人。空港まで迎えに来てくれた人とアーティストの二人の女性はもういない。誰が誰なのかわからない人たちと、最後の最後にこんな寂しい感じ。でもまあ非常事態の中、誰がこんなものを聞く余裕があるのか知らないけど、やるだけのことはやった。そんな風に締めくくらないと。この先に人類の終わりがあって、今回で自分のライブも最後かも知れない。そこまでも寂しい気分でもなかったが、とにかく何か強烈に虚しいものの、それは泣くほどじゃない。

ホテルに戻ると、最初来たときよりさらに閑散とした感じがした。

まだ日が落ち切っていない時間に帰ってきた。誰も宿泊客がいない感じ。実際に、1階のレストランが営業していたのかわからないが、とりあえずビールを買って、ライブ会場のアートセンターに置いてあったミートパイの残りを食べた。きっとこれでは腹が減るだろうという不安を抱えたまま、気がつくと寝ていた。

深夜に目が覚めて、付けっぱなしのテレビを見るとジャズシンガーのディーディーブリッジウォーターのライブが流れていた。まだ活動していたのか！　つるっ禿げだった。しばらくボンヤリ眺めているうちに飽きて、他のチャンネルにすると裸の男女が大胆にセックス。いわゆるベッドシーンではなくセックス。これじゃあポルノだよなぁとしばらく眺めていると行為が終わってCM。生肉などをディップして食うのが推奨されているスナックが出てきてミュージカル風の演出で終わる。

有線放送じゃないんだ！と驚く。いまの自宅にテレビなんてないし、番組自体も飲食店でたまたま流れている際にしか見ないけど、それは大概昼間か晩飯時だし、でも深夜に昔の11ＰＭみたいな番組もなさそうだし、とにかく女の裸目当てで深夜番組を見ていた世代としては寧ろ異常といっていいほど、テレビで女の裸を目撃する機会はなさそうで。それが理由でテレビを見ないわけではないけれど、そんな番組に何の価値が、という話になる。といっても、そのポルノ紛いの映像は、明らかに本番行為ではないのだろうけど、女の裸や体位の見せ方は完全にハードコアポルノというか日本のＡＶだった。しかもセックスの絶頂が終わるとＣＭ。次は何かしらの男女間の物語がダラダラと始まって、果てにまたセックス。で、終わればＣＭという流れ。でも、女の裸もセックスも特に見たい気分じゃなかったから、三往復くらいで見るのをやめて寝た。

3月16日

予定の電車がキャンセルで、5時間かかってパリへ。

やはりまったく読書せず、外の風景をひたすら眺める。とにかく席が全部埋まるくらいには混み合ってて、自分たちのデカい荷物の置く場所がなくて苦労する。

もうパリに帰っても、映画館やシネマテークは閉まっているし、本屋もビデオ屋なんかの他の店もどこもかしこも閉まっているので、そんなに楽しみでもない。全世界がそんな感じ。でも、着いたら槻舘さんが七里さんを呼んで、食事を彼女の家でしようというので、そちらに向かう。

まず荷物を置きに、ツレが予約したホテルに。

駅を降りると、何だか黒人しかいない。これはマズい場所なのでは、とツレに聞くと「安いんだし、もう明日帰るからいいでしょ」と返答される。飲食店もテイクアウトのみ。

ホテルに着き、部屋までのエレベーターが怖いショボいやつ。スーツケース二つと我々二人で完全に身動き取れない狭さ。表示を見ると「100キロまで」。完全にオーバー。しかも降りたら部屋がすぐだが、身動き出来ないほどにやはり廊下が狭い。さすがに何日も滞在するには辛いだろうけど、文句もそんなに言わないで我慢。

速攻、ホテルを出て近所の酒屋でワインを買う。

槻舘さんの家は、こんなところとは違い、オフィス街みたいなところにある。駅降りて、どこの商店もやってないと思っていたら、雑誌も扱う文房具店が営業していた。そこで持っていた小銭を消費しようと店内を物色。H・P・ラブクラフトが表紙のよくわからない雑誌と銀色のペンを買う。

槻舘さんの家は立派なマンションで、建物に入るのに一苦労。トマソン的な意味のない通路を通ったりして無駄な時間を経て、やっとお部屋に。先日会ったのに、早稲田の大学院に行くために日本に行った同棲しているクレモンはもういない。彼の物だという、スペインホラーやブルース・リー、神代辰巳などのポスターが部屋に貼ってある。七里さんもやってきてパリの映画館でアルドリッチの屈折したギャング映画『傷だらけの挽歌』を観たという話をする。ワイン飲みながら皆でキム・ギヨンの『虫女』を観る。その前にマクロンの演説。どいつもこいつも公園で和みやがって、みたいな恨みごとをいって外出禁止。本格的にアウトブレイク状態がこの国で始まろうとしていた。仕事、日用品の買い物、犬の散歩、ジョギング、通院以外が禁止。罰金がつく。とにかく辛いサラミを食べまくって、いつの間にかソファで寝てた……。

3月17日

朝起きて空港。

前日まで、ほとんどマスクしている人を見なかったのに、ここでは全員マスクを着用。

何やら受け付けの場所を聞いてきた韓国人の青年に、マスクをあげる。そんな余裕をかましていたのだが、チェックイン寸前にツレのパスポートがないのが判明。僕のだけはある。多分盗まれた。不安だが、自分一人で帰ることに。予定していた中華系の便が飛ばなくなり、帰りはエティハド航空に。音楽は行きに比べると地味で、何故かやはりジョイ・ディヴィジョンのベスト盤があったが聴かずに、映画ばかり観る。"RAMBO 5" "The Peanut Butter Falcon" "The Dead Don't Die" "The Lighthouse" などを観る。どれも面白かった。機内食は全回ビリヤニにしてもらって、満足した。

あとがき

誰もがコロナの影響で、自宅で大人しく読書する……なんてことになっているのか、どうかは知らないけど、この機会に読書する人間が増えればいい。

その殺伐とした日常を忘却する為に自分の本が適しているとは、何とも言いがたいが、それでもこうして読者（いまお読みになっている貴方です）がいるのだから、何かの役に立っているとは思いたい。

しかし、いまいち存在理由を訊かれたら、スッキリと答えることの出来そうにない、妙な本ではある。冒頭の小説を読んでいて、これが小説だとわからず、こんなエッセイ書いたっけ？　と本気で悩んだ。そんなこんなで、かつて新潮社で執筆したものの寄せ集め。ごった煮の本を出すことになるとは！　もしコロナが流行してる最中にフランスにツアーに行っていなかったら、収録されている長い紀行文も書かず、出版などされておらず、ライブ活動での些少なギャランティで細々と生計を立てている身としては、さらに厳しい状況に追い込まれ、小銭を得るべくして陰気な犯罪に走っていたかもしれない。

とはいえ身近にできる犯罪といえば、何も思いつかないので、黙って寝ているだけだったとは思うが、とにかくこうして一冊の本ができた。

一番古いのは古井由吉さんとの対談で、残念ながらこの状況は記憶に乏しい。亡くなる以前は暫くお会いしていなかったので、心配はしていた。古井さんは、父と同い年。ほぼ同じ時期に両者は亡くなったのだが、いつもお会いすると自分の親よりは高齢じゃないのかと思ってしまう。そんな爺臭さが仙人とまではいかないけれど、やはり神秘的としかいいようのない方ではあった。

そのあとには、さまざまゲストを呼んでクラシック音楽について話を聞くという企画を立て、最初に高橋悠治さんに依頼するも断られ（二年後くらいにイベントでお会いした際に「くだらない企画だから断った」と断罪）、浅田彰さんにお願いして楽しくお仕事させていただいたのだが、「新潮」矢野編集長との別件の衝突で、連載一回目で終了。若いときは、割とすぐ人と揉めた。いまは何にも問題なく、こうして仕事させてもらっている。

「一斗缶4個の人生」は2011年の「新潮45」だから、ほぼ十年前の取材だ。いまほど貧しくはない取材費で、大阪旅行を満喫した。宿泊したリーガロイヤルはいままで泊まったホテルの中でも最高に広かった。部屋に風呂が二つもあったように記憶する。イヤな猟奇犯罪の取材のあとは、毎度美味いものを食って飲んだ。馬刺しの専門店に行ったのが、特に記憶に残る。数少ないメニュー、すべて注文した。まだ、あるのかな、あのお店。

13年には福島に行った。平和だった戦後から、オウムを経て、何とも不穏な時代が始まっていたのを実感した。ここまで廃墟な日本の風景を、眺めて心を虚にした経験はなかった。道の泥濘《ぬかるみ》に沈む、サッカーのユニホームの持ち主が、亡くなった人でないのを、ひたすら祈った。といいながら何か罰当たりなことをしたくなって、一軒の廃屋から一本の生カセットテープを盗んでみた。

14年にはもう東京オリンピックが決まっていたのか、と素直に驚く。もう50歳になろうとしている現在、より情弱になりつつあり、大嫌いだった秋元康がいまではどうしているのかも知らないというか興味が、本当にない。

時折食いたくはなるものの、最近一切牛丼など食わなくなった。たまに食えば美味しいのだろうか。奇しくも先日、行った回転寿司が閉まっており、仕方なくスタ丼を食ったのだが、不味いというか、本当にどうでもいい味で驚いた。マクドナルドやケンタッキーもたまに食うが、多分牛丼は食わないだろう。いくら所持金が僅かであっても。しかし、それなら普段自分は何を食べているのだろうか？　思い出そうとしても、さっき食ったものすら思い出せない始末。

15年にはＩＫＥＡやコストコに行った。そのあともＩＫＥＡには何度か個人的に行ったが、それらの道中で結局買ったのは電灯一個だけ。わずかな金額で、ここまで充実した暮らしを提供してくれる素晴らしいショッピングを夢見て訪れるが、家が遠いのでそれくらいしか買ったことがない。

これらの取材の多くは、気楽に気ままで楽しかった。

小説や日記の執筆には、悪夢のような重圧を感じて苦しかった30代40代であったが、これらの仕事では随分楽させてもらい、最後の旅行記などは、かつてないくらい、ほっといてもスラスラ書けた。特に書いてて楽しいとかはないけれど、楽ではあった。これを書いているのは50歳になる前日なのだが、残りの人生もこうした楽しい仕事で終わるように心がけたい！　と願う。

２０２０年６月３日

中原昌也

初出
人生は驚きに充ちている　「新潮」2019年5月号
古井由吉氏にズバリ訊く　「新潮」2006年8月号
21世紀のクラシック音楽体験とは？　「新潮」2008年6月号
一斗缶4個の人生　「新潮45」2011年11月号
廃墟が語りかけてくる　「新潮45」2013年3月号
五輪総合演出「秋元康」という悪夢　「新潮45」2014年5月号
すき家、マルクス、ブラック企業　「新潮45」2014年8月号
ショッピングモール空間探検記　「新潮45」2015年5月号
戒厳令の昼のフランス・ツアー日誌　「新潮」2020年6月号

装画　中原昌也
装幀　新潮社装幀室

人生《じんせい》は驚《おどろ》きに充《み》ちている

著者

中原昌也《なかはらまさや》

発行

2020年7月30日

発行者 佐藤隆信
発行所 株式会社新潮社
〒162-8711 東京都新宿区矢来町71
電話 編集部 03-3266-5411
読者係 03-3266-5111
https://www.shinchosha.co.jp

印刷所
大日本印刷株式会社
製本所
大口製本印刷株式会社

乱丁・落丁本は、ご面倒ですが小社読者係宛お送り下さい。
送料小社負担にてお取替えいたします。
価格はカバーに表示してあります。

ISBN978-4-10-447204-8 C0093